O CAMINHO

RICHARD PAUL EVANS

O CAMINHO

Tradução de Alice Klesck

ALTA BOOKS
GRUPO EDITORIAL
Rio de Janeiro, 2023

O Caminho

Copyright © 2023 da Starlin Alta Editora e Consultoria Eireli.
ISBN: 978-65-5520-984-6

Translated from original Miles To Go. Copyright © 2010 by Richard Paul Evans. ISBN 9781476718637. This translation is published and sold by permission of Simon & Schuster, the owner of all rights to publish and sell the same. PORTUGUESE language edition published by Starlin Alta Editora e Consultoria Eireli, Copyright © 2023 by Starlin Alta Editora e Consultoria Eireli.

Impresso no Brasil — 1ª Edição, 2023 — Edição revisada conforme o Acordo Ortográfico da Língua Portuguesa de 2009.

Todos os direitos estão reservados e protegidos por Lei. Nenhuma parte deste livro, sem autorização prévia por escrito da editora, poderá ser reproduzida ou transmitida. A violação dos Direitos Autorais é crime estabelecido na Lei nº 9.610/98 e com punição de acordo com o artigo 184 do Código Penal.

A editora não se responsabiliza pelo conteúdo da obra, formulada exclusivamente pelo(s) autor(es).

Marcas Registradas: Todos os termos mencionados e reconhecidos como Marca Registrada e/ou Comercial são de responsabilidade de seus proprietários. A editora informa não estar associada a nenhum produto e/ou fornecedor apresentado no livro.

Erratas e arquivos de apoio: No site da editora relatamos, com a devida correção, qualquer erro encontrado em nossos livros, bem como disponibilizamos arquivos de apoio se aplicáveis à obra em questão.

Acesse o site www.altabooks.com.br e procure pelo título do livro desejado para ter acesso às erratas, aos arquivos de apoio e/ou a outros conteúdos aplicáveis à obra.

Suporte Técnico: A obra é comercializada na forma em que está, sem direito a suporte técnico ou orientação pessoal/exclusiva ao leitor.

A editora não se responsabiliza pela manutenção, atualização e idioma dos sites referidos pelos autores nesta obra.

Dados Internacionais de Catalogação na Publicação (CIP) de acordo com ISBD

E92c   Evans, Richard Paul
O Caminho / Richard Paul Evans ; traduzido por Alice Klesck. - Rio de Janeiro : Alta Books, 2023.
368 p. ; 16cm x 23cm.

Tradução de: Miles To Go
ISBN: 978-65-5520-984-6

1. Literatura americana. 2. Romance. I. Klesck, Alice. II. Título.

2022-3299
CDD 813.5
CDU 821.111(73)-31

Elaborado por Vagner Rodolfo da Silva - CRB-8/9410

Índice para catálogo sistemático:
1. Literatura americana : Romance 813.5
2. Literatura americana : Romance 821.111(73)-31

Produção Editorial
Editora Alta Books

Diretor Editorial
Anderson Vieira
anderson.vieira@altabooks.com.br

Editor
José Ruggeri
j.ruggeri@altabooks.com.br

Gerência Comercial
Claudio Lima
claudio@altabooks.com.br

Gerência Marketing
Andréa Guatiello
andrea@altabooks.com.br

Coordenação Comercial
Thiago Biaggi

Coordenação de Eventos
Viviane Paiva
comercial@altabooks.com.br

Coordenação ADM/Finc.
Solange Souza

Direitos Autorais
Raquel Porto
rights@altabooks.com.br

Produtoras da Obra
Illysabelle Trajano
Maria de Lourdes Borges

Assistente da Obra
Caroline David
Henrique Waldez

Produtores Editoriais
Paulo Gomes
Thales Silva
Thiê Alves

Equipe Comercial
Adenir Gomes
Ana Carolina Marinho
Daiana Costa
Everson Rodrigo
Fillipe Amorim
Heber Garcia
Kaique Luiz
Luana dos Santos
Maira Conceição

Equipe Editorial
Andreza Moraes
Beatriz de Assis
Betânia Santos
Brenda Rodrigues
Gabriela Paiva
Kelry Oliveira
Marcelli Ferreira
Mariana Portugal
Matheus Mello
Milena Soares

Marketing Editorial
Amanda Mucci
Guilherme Nunes
Jessica Nogueira
Livia Carvalho
Pedro Guimarães
Talissa Araújo
Thiago Brito

Atuaram na edição desta obra:

Tradução
Alice Klesck

Revisão Gramatical
Daniele Ortega

Diagramação
Rita Motta

Capa
Rita Motta

Editora afiliada à: ASSOCIADO

Rua Viúva Cláudio, 291 — Bairro Industrial do Jacaré
CEP: 20.970-031 — Rio de Janeiro (RJ)
Tels.: (21) 3278-8069 / 3278-8419
www.altabooks.com.br — altabooks@altabooks.com.br
Ouvidoria: ouvidoria@altabooks.com.br

Para Karen Christoffersen

Uma parada perto da mata, numa noite nevada

A quem pertence essa mata, eu acho que sei.
Mas sua casa fica na vila,
Ele não me verá parando aqui
Para ver sua mata se enchendo de neve.

Meu cavalinho deve achar esquisito
Parar sem uma casa de rancho por perto
Entre a mata e o lago congelado
Na noite mais escura do ano.

Ele sacode seu sininho do arreio
Para perguntar se é algum engano.
O único outro som é o varrer
Do vento calmo nos flocos macios.

A mata é adorável, escura e profunda,
Mas eu tenho promessas a cumprir,
E milhas a seguir, antes de dormir,
E milhas a seguir, antes de dormir.

—Robert Frost

PRÓLOGO

O sol vai nascer novamente.
A única incerteza é se
estaremos aqui para saudá-lo.

Diário de Alan Christoffersen

Vários meses depois que fui roubado, esfaqueado e deixado inconsciente no acostamento da Rodovia 2, de Washington, uma amiga me perguntou qual era a sensação de levar uma facada. Eu disse que doía.

Como você realmente descreve a dor? Às vezes, os médicos nos pedem para classificar nossa dor, numa escala de um a dez, como se aquele número tivesse algum significado confiável. Em minha opinião, precisa haver um sistema de classificação mais objetivo, algo comparativo, do tipo "você trocaria o que está sentindo por um tratamento de canal, ou talvez meio parto?".

E com o que vamos comparar a dor emocional, a dor física? Acredito que a dor emocional é a maior dos dois males. Às vezes, as pessoas impõem a dor física a elas mesmas para atenuar a angústia emocional. Eu entendo. Se eu pudesse escolher entre ser esfaqueado ou perder novamente a minha esposa, McKale, a faca leva a vantagem, pois se ela me mata, paro de sentir dor. Se não me matar, o ferimento vai sarar. De qualquer forma, a dor para. Mas não importa o que eu faça, minha McKale jamais voltará. E não consigo imaginar que a dor em meu coração um dia vá passar.

Ainda assim há esperança, não de esquecer McKale nem de entender o motivo de tê-la perdido, mas para aceitar que perdi e, de alguma forma, seguir em frente. Conforme um amigo recentemente me disse, não importa o que eu faça, McKale sempre será parte de mim. A questão é qual parte: a fonte de gratidão ou de amargura? Algum dia terei de decidir. Algum dia o sol voltará a levantar. A única incerteza é se me levantarei para saudá-lo.

Enquanto isso, o que mais espero ter é esperança. Caminhar ajuda. Gostaria de estar caminhando agora, neste momento. Acho que preferia estar em qualquer lugar do que onde estou agora.

CAPÍTULO
Um

*Planejamos nossas vidas em longos e ininterruptos períodos que
cruzam com nossos sonhos, da mesma forma que as rodovias
conectam os pontos da cidade num mapa rodoviário.
Mas, no final, aprendemos que a vida é vivida nas
ruas paralelas, nos becos e desvios.*

Diário de Alan Christoffersen

Meu nome é Alan Christoffersen e esse é o segundo diário da minha caminhada. Estou escrevendo de um quarto de hospital em Spokane, Washington. Não sei como meu livro foi parar nas suas mãos, na verdade, nem sei quem você é, mas, se está lendo minha história, bem-vindo à minha jornada.

Você não sabe muito sobre mim. Sou um ex-publicitário de trinta e dois anos e há dezesseis dias eu fui embora da minha casa, em Bridle Trails, Seattle, e, quando comecei minha longa trilha, deixei tudo pra trás — o que, na verdade, não era muita coisa. Estou indo a pé até Key West, na Flórida, e isso fica a cerca de 5.630 quilômetros, podendo ultrapassar ou faltar alguns passos.

Antes que minha vida implodisse, segundo um dos meus clientes, eu era "o garoto modelo do sonho americano", um publicitário bem-sucedido e feliz no casamento, com uma esposa deslumbrante (McKale), uma agência de publicidade próspera, uma parede repleta de prêmios e troféus e uma casa de dois milhões de dólares, com haras e dois carros de luxo na garagem.

Então o universo mudou as rotas sob os meus pés e em apenas cinco semanas eu perdi tudo. Minha derrocada começou quando McKale quebrou o pescoço num acidente equestre. Quatro semanas depois, ela morreu de complicações. Enquanto eu cuidava dela, no hospital, meus clientes foram roubados por meu sócio, Kyle Craig, e meu mundo financeiro desabou, levando à reintegração de posse da minha casa e dos meus carros.

Depois de perder minha esposa, meu negócio e minha casa, eu arrumei o que precisava para sobreviver e comecei a caminhar para Key West.

Não estou tentando estabelecer nenhum recorde, nem ir parar nos jornais. Certamente não sou o primeiro a atravessar o continente a pé; estou atrasado em pelo menos um século para isso. Na verdade, a primeira tentativa foi feita há mais de duzentos anos por um homem chamado John Ledyard, que planejou atravessar a Sibéria caminhando, pegar um barco russo de comércio de peles para cruzar o oceano até (onde agora é) o Alaska, depois caminhar o restante do trajeto até Washington, D.C., onde Thomas

Jefferson afetuosamente o receberia, no Salão Oval. Assim são os planos dos homens. Ledyard só chegou até a Sibéria, onde a imperatriz Russa, Catarina, a Grande, mandou prendê-lo e o enviou à Polônia.

Desde então, não menos que alguns milhares de pioneiros, exploradores e montanhistas atravessaram o continente sem sapatos acolchoados, estradas pavimentadas ou, inacreditavelmente, um único McDonald's.

Mesmo em nossos dias há uma lista considerável de gente que atravessa o país, incluindo uma mulher de oitenta e nove anos que caminhou da Califórnia até Washington, D.C., e um homem de Nova Jersey que *correu* de New Brunswick até São Francisco em exatamente sessenta dias.

Quase todos esses viajantes carregavam causas, desde reforma política até a obesidade infantil. Eu não. A única tocha que carrego é por minha esposa.

Talvez você imagine que meu ponto de destino tenha sido escolhido por seu clima agradável, as praias de areia branca ofuscante e água azul turmalina, mas você está errado: Key West era simplesmente o ponto mais distante no mapa do local onde comecei.

Devo acrescentar que Key West é minha destinação *pretendida*. Segundo minha experiência, as jornadas raramente nos levam para onde achamos que estamos indo. Conforme Steinbeck escreveu, "não fazemos uma viagem, a viagem é que nos leva". Há uma diferença entre ler um mapa e viajar pela estrada, uma distinção tal qual a disparidade entre ler um cardápio e comer uma refeição. E assim é com a vida. Como diz o ditado, "a vida é o que nos acontece quando planejamos outra coisa". Isso é verdade. Até meus desvios tiveram desvios.

Meu desvio mais recente me deixou na sala de emergência do Centro Médico Sacred Heart, com uma concussão e três ferimentos à faca na barriga depois de ser atacado por uma gangue, cinco quilômetros após a saída de Spokane. É onde você passa a me acompanhar.

Para aqueles que estiverem acompanhando minha caminhada desde o primeiro passo (ou antes), eu alertei que minha história não seria fácil. Suponho que isso não seja nenhuma surpresa; ninguém tem uma história fácil. Ninguém passa pela vida sem dor e disso eu estou certo. O preço da alegria é a tristeza. O preço de possuir é perder. Você pode gemer, choramingar e bancar a vítima, muitos fazem, mas é assim que as coisas são. Tive muito tempo para pensar sobre isso. Esse é um dos benefícios de caminhar.

Em meu primeiro diário também alertei que você talvez não acreditasse ou não estivesse pronto para tudo que tenho para compartilhar. Este livro não é diferente. Não importa, aceite ou descarte o que quiser acreditar.

Desde que comecei minha caminhada, só viajei 528 quilômetros, menos de dez por cento da distância até Key West. Mas já tive experiências profundas; ao longo do caminho conheci pessoas que acreditei estar predestinado a conhecer e estou certo de que há mais por vir. Essa é uma história de contrastes, sobre viver e morrer, esperança e desespero, dor e cura, e os locais tênues entre esses extremos, onde a maioria de nós reside.

Não tenho certeza se estou me distanciando do meu passado ou seguindo rumo ao meu futuro; o tempo e os quilômetros dirão que tenho ambos de sobra. Como disse o poeta Robert Frost, eu tenho "milhas a seguir, antes de dormir".

Fico feliz em dividir com você o que eu aprendo. Bem-vindo à minha caminhada.

CAPÍTULO
Dois

*Que estranho passar de uma agenda de horas e
minutos para ser incapaz de dizer qual é o dia do mês.*

Diário de Alan Christoffersen

Minha segunda noite no hospital foi dura. Eu estava molhado e quente de febre e, em algum momento da noite, comecei a tossir. Cada tossida era como uma lâmina cravando em minha barriga. A enfermeira veio verificar meus curativos e me disse para não tossir, o que não ajudou muito. Apesar dos medicamentos que eles me deram para o auxílio do sono, na maior parte da noite fiquei ali deitado, sozinho e com dor. Queria McKale mais que a minha vida. Decididamente, mais que a minha vida. Claro que se ela estivesse comigo eu não estaria nessa confusão. A exaustão finalmente me venceu e adormeci por volta das cinco da manhã.

No dia seguinte, acordei com uma jovem enfermeira andando em volta da minha cama, olhando os monitores e escrevendo numa prancheta. Desde que eu tinha dado entrada no hospital, um bando de enfermeiras e médicos se aglomerava ao meu redor, em meus delírios, entrando e saindo de minha consciência como dançarinos de um vídeo musical. Mas não me lembrava de nenhum deles. Essa foi a primeira enfermeira que reconheci. Ela era pequena, miúda, mal tinha o tamanho de uma luminária de chão. Eu a observei por alguns minutos e disse:

— Bom dia.

Ela ergueu os olhos da prancheta.

— Boa tarde.

— Que horas são? — eu perguntei. É uma pergunta meio engraçada, já que eu nem sabia em que dia ou semana estava. As duas últimas semanas tinham se fundido como ovos num liquidificador.

— É quase meio-dia e meia — disse ela, e acrescentou — Sexta-feira.

Sexta-feira. Eu tinha deixado Seattle numa sexta-feira. Tinha partido há apenas quatorze dias. Dezesseis dias e uma vida inteira.

— Qual é o seu nome?

— Eu sou a Norma — ela respondeu . — Você está com fome?

— Que tal um pãozinho com ovo? — eu disse.

Ela sorriu.

— Só se for feito de gelatina. Que tal um pouco de pudim? O de doce de leite é comível.

— Pudim de doce de leite no café da manhã?

— Almoço — corrigiu ela. — E em algumas horas vamos mandá-lo para a tomografia computadorizada.

— Quando posso remover o cateter?

— Quando puder ir sozinho ao banheiro, o que nós tentaremos depois de obter os resultados de seu exame. Você é claustrofóbico?

— Não.

— Às vezes as pessoas ficam claustrofóbicas no *scanner*. Eu posso lhe dar algo para ansiedade, para o caso de você ficar. Um Valium.

— Não preciso de nada — eu disse. Não ligava para o exame; queria tirar o cateter de mim. No torpor das últimas quarenta e oito horas eu me lembrava vagamente de arrancar o cateter e bagunçar as coisas.

Eu tinha duas boas razões para querer tirá-lo; a primeira, porque doía. Ninguém deveria enfiar algo nessa parte da anatomia masculina. Segundo, uma infecção de cateter foi o que matou a minha esposa. Quanto mais rápido aquele troço saísse de mim, melhor.

Um atendente hospitalar, um jovem de sardas e uniforme roxo, veio me buscar por volta de duas da tarde. Ele desconectou alguns fios e tubos do meu corpo, depois levou minha cama inteira pelo corredor de linóleo até a radiologia. Eu não sabia que era minha segunda visita, até que o técnico operando o equipamento disse: — Bem-vindo de volta.

— Eu estive aqui antes?

— Você estava apagado da primeira vez.

※

O exame foi entediante, surpreendentemente ruidoso e levou aproximadamente uma hora. Quando terminou, os atendentes me levaram de volta para o meu quarto e eu adormeci. Quando acordei, Angel estava de volta.

CAPÍTULO
Três

Em algum ponto entre ser esfaqueado e acordar no hospital tive uma experiência difícil de descrever. Pode chamar de sonho ou visão, mas McKale veio a mim. Ela me disse que não era minha hora de morrer, que ainda havia gente que eu estava destinado a conhecer. Quando perguntei quem, ela respondeu "Angel". Quem é essa mulher?

 Diário de Alan Christoffersen

Na primeira vez que acordei no hospital havia uma mulher estranha sentada numa cadeira ao lado da minha cama. Ela tinha aproximadamente a minha idade e estava vestida de forma casual, com uma camiseta e jeans.

Quando consegui falar, perguntei quem era ela. Ela me disse que nós tínhamos nos conhecido alguns dias antes, na saída da cidadezinha de Waterville. Seu carro estava parado na lateral da estrada, com um pneu furado.

Lembrei-me do encontro. Ela tinha tentado trocar o pneu, mas deixou cair os pinos da roda na inclinação lateral da estrada, o que a deixou presa ali. Tirei um pino de cada roda dos outros pneus e prendi o *step*.

Ela me ofereceu uma carona até Spokane, mas declinei. Antes de partir, ela me deu seu cartão de visitas, única informação de contato que a polícia encontrou comigo (pois eu tinha jogado meu celular fora no primeiro dia da caminhada). Eles ligaram pra ela e, inexplicavelmente, ela veio. Seu nome era Annie, mas me pediu para chamá-la de Angel.

— É assim que meus amigos me chamam — disse, na ocasião.

Ela estava comigo quando o médico informou que eu precisaria de várias semanas de repouso absoluto em casa.

— Eu sou sem-teto — disse.

Houve um silêncio constrangedor. Então Angel falou:

— Ele pode vir para casa comigo.

Desde então ela vinha me ver todos os dias, ficando aproximadamente uma hora, toda noite, e nossa conversa era formal como a de dois adolescentes num primeiro encontro. Não me incomodava por ela vir, estava solitário e gostava da companhia, só não sabia *por que* ela vinha.

A visita dessa noite (ela chamava de visitas angelicais) foi mais tarde que o habitual. Quando acordei, ela estava com o olhar abaixado, lendo um livro de bolso, uma história de amor Amish. Ao olhar para ela, uma música começou a tocar em minha cabeça.

I'm on top of the world looking down on creation[*]...

A canção, ironicamente alegre, ficava tocando, insistindo irritantemente, como um disco de vinil quebrado. A melodia era de uma música dos anos setenta, algo da minha infância. Os Carpenters. Minha mãe adorava os Carpenters. Ela falava de Richard e Karen Carpenter como se fossem nossos parentes.

Mesmo quando estava morrendo de câncer, ela colocava os discos deles para tocar. *Principalmente* quando estava morrendo. Ela dizia que a música dava ânimo. Quando criança, eu sabia a letra de todas as músicas de cor. Ainda sei. "Close to You", "Rainy Days and Mondays", "Hurting Each Other". Lembro-me de tracejar a logomarca dos Carpenters em papel datilográfico, depois tentar melhorá-la, o que provavelmente foi minha primeira tentativa gráfica comercial.

CARPENTERS

Minha mãe colocava seus discos para tocar numa vitrola estéreo Zenith, embutida num console de nogueira (um aparelho elétrico do tamanho de um Plymouth, que ocupava toda a parede esquerda da nossa sala de estar) e as músicas enchiam nossa casa, o que sempre me deixava sereno, pois eu sabia que aquilo fazia minha mãe feliz.

Angel ainda estava envolvida em seu livro quando percebi o motivo para que a canção tivesse me ocorrido. Ela se *parecia* com a Karen Carpenter. Não exatamente. Ela era loura e provavelmente um pouquinho mais bonita, mas parecida o bastante para garantir uma segunda olhada. Fiquei imaginando se ela sabia cantar. Enquanto pensava nas semelhanças, Angel subitamente ergueu o olhar. Sorriu quando me viu olhando para ela.

— Oi.

Minha boca estava ressecada e eu passei a língua nos lábios antes de falar.

— Oi.

— Como está se sentindo?

— Um pouquinho melhor que ontem. Há quanto tempo está aqui?

---

[*] "Eu estou no topo do mundo olhando para a criação lá embaixo." (N. do E.)

— Aproximadamente uma hora. — Silêncio. Então ela disse: — Você estava falando dormindo.

— Eu disse algo profundo?

— Acho que você estava chamando alguém... McKay, ou McKale?

Eu me retraí, mas não dei explicação.

— Conversei com sua enfermeira. Ela disse que se a sua tomografia for bem, você pode sair em alguns dias. Talvez até segunda-feira. — Ela curvou um pouquinho a boca. — Halloween. Que medo.

— Isso seria legal — falei.

Depois de um momento, ela disse:

— Minha oferta ainda está de pé. Você é bem-vindo para ficar comigo. Eu até já mudei algumas coisas em meu apartamento... — depois acrescentou, cautelosamente — Caso você queira.

— Isso é gentil de sua parte — disse, sem me comprometer.

Ela me olhou, apreensiva. Quase um minuto depois, perguntou:

— O que você acha?

O que eu achava? Eu tinha passado os últimos dias considerando minhas poucas opções. Depois da destruição da minha vida, a única amiga que eu tinha era a Falene, minha ex-assistente, lá em Seattle. Apesar de nossa amizade, eu não podia voltar pra lá.

Minha outra opção era meu pai, em Los Angeles. Se eu fosse para a Califórnia, sabia que nunca voltaria. E *precisava* voltar. Precisava concluir minha caminhada.

Pela primeira vez, desde que tinha deixado minha casa, percebi que minha trilha era muito mais do que apenas um compromisso físico, era um compromisso espiritual, como as caminhadas dos aborígenes australianos ou os nativos americanos. Algo que não entendia completamente me forçava a seguir adiante.

E, por qualquer que fosse a razão, essa mulher era parte da minha jornada. Havia alguma razão para que ela estivesse em meu caminho e sentada ao lado da minha cama. Só não fazia ideia de que razão poderia ser.

Depois de um momento eu disse:

— Se não for muito trabalho.

Seus lábios se abriram num leve sorriso.

— Vai ser bom. — ela assentiu.

CAPÍTULO
Quatro

Às vezes a Mãe Natureza
tem tensão pré-menstrual.

Diário de Alan Christoffersen

Eu subitamente percebi a data: 28 de outubro, meu aniversário de casamento com McKale.

O dia do nosso casamento não foi um dia com o qual alguém sonha, a menos que você inclua pesadelos. Praticamente tudo deu errado, o que eu acredito que aconteça quando as mães não estão envolvidas ou a Mãe Natureza está.

Nós tínhamos planejado uma pequena cerimônia no Arcádia Arboretum and Botanic Gardens, a poucos quilômetros da nossa casa, perto da pista de corrida do Santa Anita Park. No lado leste do viveiro havia um belo roseiral com um mirante coberto de vinhas, com a parte traseira da estrutura pendendo sobre uma lagoa cheia de vitórias-régias. O cenário era perfeito. O clima, nem tanto. Começou a chover por volta das oito horas da noite anterior ao nosso casamento e não parou até duas horas antes da cerimônia. Tudo ficou encharcado. O gramado estava ensopado como uma esponja e a água escorria de suas bordas, formando córregos.

Deveríamos ter alugado uma tenda grande, para não correr riscos se o tempo fechasse, mas a organizadora de nosso casamento, Diane, prima de McKale, estava tão certa de sua sorte (nunca chove nas minhas festas, ela se gabou) que ela só tinha reservado uma pequena cobertura de 6 x 6m como garantia.

Depois que a chuva parou, Diane e suas ajudantes corriam pelo pátio, armando cadeiras, jogando pétalas de rosas, amarrando fitas e fios de luz, e providenciando grande variedade de guarda-chuvas de tecido, caso voltasse a chover.

Para enfeitar o mirante, Diane pendurou fios de luzes piscantes em duas colunas brancas de dois metros de altura, ao estilo pedestal, com grandes vasos de cerâmica no alto.

À medida que tudo foi tomando forma, os membros do quarteto de cordas assumiram seus lugares, ao lado do mirante, e começaram a tocar *Cânone em ré maior*, de Pachelbel.

Parecia que a Mãe Natureza estivera aguardando pelo momento ideal para atacar, pois quando se executavam os toques finais, e Diane estava parecendo um tanto satisfeita consigo mesma, começou a soprar um vento forte. Num grande sopro, os guarda-chuvas foram todos virados de dentro pra fora, ou saíram voando (observei um dos convidados perseguir um guarda-chuva pelo estacionamento), os vasos caíram e quebraram e as pétalas de rosas, tão delicadamente espalhadas, foram varridas.

A cena teria sido divertida, se não fosse trágica. Nossos desventurados convidados corriam pelo jardim, em estado de pânico, agarrando seus chapéus, roupas e cônjuges. Tudo virou um caos.

Assim que os acessórios da cerimônia estavam suficientemente destruídos, o vento parou, como se a Mãe Natureza estivesse tirando um momento para inspecionar seu trabalho manual. Então, a chuva caiu com força.

O pastor, reverendo Handy, amigo do pai de McKale, tinha vindo de outro casamento e ficou preso no trânsito congestionado pelo clima, chegando à cena apenas quinze minutos antes do horário marcado. Eu vi sua expressão perplexa, ao verificar as ruínas do nosso dia. O cenário parecia um clipe daquelas entrevistas transmitidas de um parque de *trailers* após a passagem de um tornado: uma devastação profunda e completa.

Ao meio-dia assumi meu lugar embaixo do mirante ensopado e fiquei esperando minha noiva, de pé, diante do pequeno aglomerado de sobreviventes congregados embaixo de um mar de guarda-chuvas.

Então surgiu ela, com o pai ao lado, e a exaltada Diane no outro, molhada e carregando um guarda-chuva. McKale era o meu sol, radiante, num vestido marfim tomara que caia. Conforme ela se aproximou, nós nos olhamos e todo o caos se dissolveu. Coloquei a aliança em seu dedo, torcendo para que ela não visse aquele massacre como um agouro para o nosso casamento.

Depois que fomos pronunciados marido e mulher, a maioria dos nossos convidados tinha partido, enquanto os que permaneciam se aglomeravam embaixo da abóboda cheia de goteiras, esperando que o bolo fosse cortado.

McKale esteve quieta, enquanto seguíamos de carro rumo à nossa lua de mel, e o ritmo dos limpadores de para-brisa preenchiam o vácuo de nosso silêncio. Quando estávamos sozinhos em nosso quarto de hotel, eu disse:

— Lamento pela forma como as coisas se desenrolaram.

Esperava que ela fosse subitamente cair em prantos, mas não o fez. Em vez disso, olhou para o seu anel de diamante, depois pegou minha mão, com seus dedos finos acarinhando minha aliança.

— Eu teria me casado com você com um anel de plástico, em pé, num aterro de lixo, no meio de um furacão. O espetáculo era pra eles. Eu só queria você. Esse é o melhor dia da minha vida.

Foi quando eu tive certeza que nós duraríamos para sempre.

Angel estava ao meu lado quando percebi que a aliança de McKale tinha sumido. Apalpei meu peito freneticamente. Deve ter parecido que eu estava tendo um ataque do coração ou um derrame, porque Angel pareceu alarmada.

— O que foi? — perguntou. — Devo chamar uma enfermeira?

— Eles levaram — eu disse.

— Levaram o quê?

— O anel de casamento da minha esposa. Estava num cordão, no meu pescoço.

Ela parecia quase tão angustiada quanto eu.

— Vou ver se as enfermeiras sabem de alguma coisa. — Ela apertou o botão de chamado e dentro de alguns instantes uma enfermeira que eu nunca tinha visto apareceu na porta.

— Precisa de alguma coisa?

Angel disse:

— O Alan está dando falta de uma joia.

— Bem, nós geralmente removemos as joias na sala de emergência. — Ela se virou para mim. — O que procura?

— É uma aliança de brilhante feminina numa corrente de ouro — respondi.

— Provavelmente está em seu armário. Posso checar pra você.

Deitei a cabeça de volta no travesseiro.

— Qual é o seu nome? — perguntei.

— Alice.

— Alice — eu disse —, você sabe onde está o restante das minhas coisas? Eu estava carregando uma mochila quando fui atacado.

— Não. Mas posso perguntar à polícia. Eles estão logo no fim do corredor.

— Por que estão no fim do corredor?

— Estão de guarda por causa de um dos homens que o atacou.

Eu tinha me esquecido. Meu médico me disse que um dos jovens que tinha me atacado também estava no hospital; não que eu pretendesse enviar um cartão desejando melhoras, mas foi bom saber da informação.

Alice continuou:

— A polícia pediu para vê-lo, quando estiver apto a isso.

— Estou apto — respondi rapidamente. Queria falar com o policial pelos meus próprios motivos, tinha perguntas sobre aquela noite.

Menos de cinco minutos depois que ela saiu, dois policiais uniformizados entraram em meu quarto, parando do lado de dentro da porta. O que estava mais perto de mim, um homem baixo e magro, falou:

— Sr. Christoffersen, sou o Oficial Eskelson. Esse é meu parceiro, o Tenente Foulger. Podemos entrar?

Eu olhei para o outro policial, logo atrás dele.

— Sim.

Eskelson se virou para Angel.

— Essa é sua esposa?

— Não — disse ela. — Sou só uma amiga.

— Importa-se se ela ficar para nossa entrevista?

— Eu posso sair — disse Angel.

— Ela pode ficar — falei.

Angel continuou sentada. O Oficial Eskelson caminhou até a lateral da minha cama.

— Como está se sentindo?

— Fora a concussão e os três ferimentos à faca? — perguntei.

— Lamento, serei breve. — Ele ergueu um bloco e uma caneta. — Eu gostaria que descrevesse, em suas próprias palavras, a noite do assalto.

Nunca tive certeza do motivo por que as pessoas dizem "em suas próprias palavras". Palavras de quem mais eu poderia usar?

— Era cerca de meia-noite quando parei no Hilton, em Air-way Heights, à procura de um quarto, mas eles não tinham vaga, então tive que seguir para Spokane. Tinha andado cerca de um quilômetro e meio quando ouvi um som de rap e um carro encostou ao meu lado, um Impala amarelo, com uma faixa preta. Havia uns garotos de aparência rude dentro do carro. Imaginei que fossem membros de uma gangue. Eles começaram a gritar coisas para mim. Eu apenas ignorei, mas eles pararam no acostamento da estrada e saíram do carro.

— Acha que reconheceria esses jovens?

— Quer dizer, como numa formação policial, lado a lado?

Ele assentiu.

— Não sei. Alguns. Achei que estivessem detidos.

— Estão — disse Foulger.

Eskelson disse:

— Então, depois que eles encostaram o carro, o que aconteceu?

— Mandaram que eu entregasse minha mochila. Tentei dissuadi-los. Foi quando o pequenininho que me esfaqueou disse que eles levariam, depois de me dar uma surra.

— Foi isso que ele disse, *lhe dar uma surra?*

— Acho que suas palavras exatas foram *te arrebentar.* Ele disse que eles estavam procurando *um babaca pra atropelar.*

Ele escreveu em seu bloco.

— Depois o que aconteceu?

— Ele veio pra cima de mim.

— O garoto que o esfaqueou?

Eu assenti.

— Bati nele e ele caiu. Então, um dos outros caras me atingiu na cabeça com alguma coisa. Deu a sensação de ter sido um cano ou um porrete.

— Foi um taco de basebol — disse o tenente Foulger, limpando a garganta. — Louisville Slugger.

— Ele praticamente me nocauteou. Vi estrelas mas, de alguma forma, continuei de pé. Então foi uma loucura. Todos eles vieram pra cima de mim, de uma só vez. Alguém me jogou no chão e todos me chutavam. O grandão ficava pisando na minha cabeça. Depois, tudo parou. Olhei pra cima e o pequenininho puxou uma faca e me perguntou se eu queria morrer.

Eskelson pegou seu celular e me mostrou a foto de um jovem. A foto tinha sido tirada no hospital.

— Esse cara?

Precisei examinar a imagem atentamente. O jovem da foto parecia bem diferente do bandido presunçoso empunhando uma faca que eu tinha encontrado. Metade de seu rosto estava coberto de gaze e um tubo de oxigênio saía de seu nariz. Ele parecia pequeno e frágil.

— Parece ele.

Ele escreveu em seu bloco.

— Quais foram suas exatas palavras? *Você quer morrer?*

— Estou bem certo disso.

Mais anotações.

— E depois?

— Eu não me lembro de ter sido esfaqueado. Alguém me chutou no rosto. Depois só lembro quando os paramédicos me colocaram numa maca. — Passei a mão nos cabelos. — Então, me diga, por que ainda estou vivo?

— Sorte — disse Eskelson, baixando o bloco de anotações —, ou Deus não quis você morto. Enquanto você estava sendo atacado, uma caminhonete que passava viu o que estava acontecendo. Para sua sorte, os ocupantes da caminhonete tiveram o ímpeto e a coragem de se envolverem.

— E armas — acrescentou Foulger.

— Os homens tinham ido caçar patos — disse Eskelson. — Eles buzinaram, depois atravessaram o canteiro central direto até a cena do crime.

Foulger interferiu.

— Ao descerem da caminhonete, Marcus Franck, o garoto com a faca, foi pra cima de um dos homens, que atirou nele.

— Como ele está? — eu perguntei. — O garoto.

— Nada bem — disse o Oficial Foulger, apertando os lábios. — Um tiro de espingarda a uma distância tão curta... Ele está em frangalhos. Provavelmente não vai viver.

— A enfermeira disse que vocês estão de guarda.

— Ele não vai a lugar algum — disse Foulger. — Estamos mais preocupados quanto a quem pode vir visitá-lo.

O oficial Eskelson continuou:

— Os caçadores mandaram que o restante da gangue deitasse no chão e ligaram para a polícia. Você estava sangrando muito. Um dos caçadores prestou os primeiros socorros, até que os paramédicos chegassem. Eles salvaram a sua vida.

— Como se chamam? — eu perguntei.

— Como há risco de fatalidade, os nomes são confidenciais. Mas posso dizer que você quer falar com eles. Venho os mantendo informados sobre seu estado e o do garoto.

— Compreendo.

— O médico nos disse que você ficará aqui mais alguns dias. Depois disso, onde podemos entrar em contato com você? — perguntou Eskelson.

— Na minha casa — disse Angel. — Ele vai ficar comigo, até que esteja recuperado. — e deu seu número de telefone.

Eskelson disse a Angel:

— Você me parece familiar.

— Sou escrivã da Delegacia de Polícia de Spokane.

— Achei que a conhecesse — disse Foulger.

— A enfermeira disse que vocês talvez soubessem onde estava minha mochila — eu disse.

— Está na delegacia. Podemos trazê-la esta noite.

— Obrigado. Vocês me avisam sobre o estado do garoto?

— Sem problema. Pelo menos um de nós ficará aqui, por um ou dois dias. Se você precisar de alguma coisa, ou se lembrar de algo relevante sobre o ataque, apenas chame.

— Melhoras — disse Foulger.

— Obrigado.

Depois que eles saíram, Angel caminhou até a cama, pousando as mãos na grade lateral.

— Você está bem?

— Sim. Então, você é da polícia?

— Na verdade, não. Sou despachante.

— Estava de plantão, quando eu fui atacado?

— Não. Foi alguém do turno da noite. — Ela afagou meu braço. — É melhor eu ir. Está tarde. Mas amanhã é sábado, então volto de manhã. — foi se afastando, depois parou e virou de volta. — Eu não sabia da história toda. Sabe, é um milagre que você ainda esteja vivo.

Eu cuidadosamente passei a mão no abdome.

— Imagino que sim.

— Isso faz pensar — disse ela, reflexiva. — Boa noite. — E caminhou pra fora da sala.

CAPÍTULO
Cinco

Hoje eu tentei andar. Eu me senti tão estranho quanto um bebê dando seus primeiros passos. E provavelmente estava parecendo com um.

Diário de Alan Christoffersen

Em algum momento durante a noite a polícia devolveu minha mochila. Acordei e a vi encostada, num canto do quarto. Pedi à enfermeira de plantão que procurasse meu diário e pegasse uma caneta.

Angel chegou algumas horas depois. Vestia um conjunto de ginástica. Seus cabelos estavam presos atrás e, sob a luz da manhã, notei, pela primeira vez, umas cicatrizes que riscavam o início do seu couro cabeludo e desciam pelo lado direito do seu rosto, até o maxilar. Fiquei pensando como eu nunca tinha notado.

— Bom dia! — disse ela — Como está se sentindo?

— Um pouquinho melhor. Hoje talvez me ponham de pé pra andar.

— Grande dia. — ela olhou curiosamente para o livro de couro que estava ao meu lado. — O que é isso?

— Meu diário. Resolvi registrar minha jornada.

— É mesmo? Eu estou aí?

— É claro.

— Gostaria de ter escrito um diário — disse ela. — No ensino médio eu tinha uma amiga que possuía um. Ela costumava escrever mentiras.

— Mentia no diário?

— Dizia que quando estivesse velha e não conseguisse mais se lembrar de nada, poderia ler seu diário e achar que tinha tido uma vida ótima.

Eu sorri.

— Isso tem certa lógica.

— Imagino que sim.

— Eu costumava escrever para uma agência de propaganda. Então acho que não sou tão diferente da sua amiga.

Isso a interessou.

— É mesmo? Eu sempre quis ser escritora.

— De que tipo?

— Quero escrever roteiros. Na verdade, comecei um.

— Sobre o quê?

— Ainda está bem cru, mas é sobre uma mulher traída pelo marido e amigos, então ela finge a própria morte e assume uma nova identidade.

— Parece intrigante.

— Terminei a primeira metade. Só não consigo achar um bom começo. Com algo cativante, sabe?

— Sou especialista em cativação. Esse é o domínio de um publicitário, trinta segundos para ganhá-lo. Que tal algo como *Embora a polícia tenha passado a tarde inteira escavando meu quintal dos fundos, eles não acharam um cadáver sequer.*

Ela riu.

— Isso com certeza é atraente. Mas e se meu personagem não tiver cadáveres no quintal dos fundos?

— Todos têm seus cadáveres — eu disse.

Notei que ela pareceu tomar uma leve pontada.

Meia hora depois, Norma entrou no quarto segurando uma faixa branca comprida, com uma fivela prateada.

— Bem, Sr. Alan, tenho boas notícias e boas notícias. Qual delas quer ouvir primeiro?

— Pode me surpreender.

— Primeiro, ouvi dizer que o senhor estava procurando por isso. — ela me entregou a corrente com o anel de McKale.

Estiquei a mão avidamente para pegá-lo.

— Obrigado.

Conforme pendurei a corrente ao redor do pescoço, ela disse

— A outra boa notícia é que o senhor passou em sua tomografia computadorizada.

— Recebo um diploma por isso?

— Ganha algo melhor. Terá a chance de andar. — depois acrescentou: — Se puder.

O Caminho 35

— O que você quer dizer com *se*? Eu andei mais de 480 quilômetros nas duas últimas semanas.

Norma pousou as mãos no quadril.

— Levando-se em conta os seus ferimentos, talvez não seja tão fácil quanto pensa. O senhor passou por algo semelhante a algumas cesarianas cruéis. Portanto, vamos fazer de sua primeira meta algo alcançável, como ir até o banheiro.

— Seguido por uma volta vitoriosa ao redor do hospital — eu disse.

— Vamos ver. — ela colocou a faixa branca em minha cama.

— O que é isso? — perguntei.

— É um cinto andador. Caso o senhor caia.

Sorri diante da ideia de tê-la me segurando, já que tinha a metade do meu tamanho.

— Vai evitar que eu caia?

— Sou mais forte do que pensa. Então, consegue sentar?

Achei essa pergunta engraçada.

— É claro. — empurrei meus cotovelos na cama e ergui o peito. A dor irrompeu no meu abdome, me tirando o ar. Fiquei branco. — Ah.

Norma me olhou com aquela cara de sabida, como se estivesse contendo um *Eu lhe disse*.

— Isso doeu um pouquinho mais do que eu imaginava — suspirei.

Norma acrescentou:

— Consegue girar as pernas para a lateral da cama?

Conforme movi o corpo percebi o quanto as minhas pernas dependiam dos músculos da minha barriga. Caminhar não seria tão fácil quanto achei. Numa noite fatídica, minha meta tinha mudado de Key West para a porta do banheiro. Demorei alguns minutos até conseguir levar as pernas para o lado.

— Bom. Agora fique aí um instante. — Norma pegou chinelos no meu armário e trouxe. Ela ajoelhou e os colocou nos meus pés, segurando meu cateter, depois levantou. Colocou o cinto andador em volta da minha cintura e prendeu. — Está pronto?

Eu assenti.

— Agora deslize lentamente à frente, colocando o peso na base dianteira dos pés.

Eu me arrastei mais para a beirada da cama, puxando meu avental hospitalar por cima das coxas. Quando meus pés tocaram o chão comecei a me inclinar à frente. Uma dor inacreditável percorreu meu corpo, como pequenos choques de eletricidade. — Ah. — Eu respirei fundo novamente. Estava verdadeiramente surpreso pela intensidade da dor. Agora o banheiro parecia a um quilômetro de distância.

— Não está pronto para a volta da vitória? — disse Norma.

Eu respirei fundo.

— Isso... dói.

— Quer continuar?

— Sim.

— Vamos tentar alguns passos, essa manhã. Passinhos de bebê. — Ela olhou para Angel. — Pode me dar uma mão?

Angel levantou.

— O que quer que eu faça?

— Deixe que ele recoste um pouquinho em seu ombro. — Ela se virou para mim. — Nós vamos ajudá-lo a ficar de pé.

As duas colocaram a mão atrás de mim, enquanto eu passava os braços em volta de seus ombros.

— Pronto?

— Sim.

— Vamos.

Deslizei até a beirada da cama. Meus olhos lacrimejaram de dor e eu gemi baixinho.

— Apenas vá com calma — disse Norma. — Não estamos com pressa.

— Eu estou — respondi. Cerrei os dentes, depois me inclinei à frente até ficar de pé. As duas afastaram as mãos de mim, mas continuaram perto.

— Como se sente? — perguntou Norma.

— Como se tivesse sido cortado ao meio e colado de volta.

— Essa é uma descrição razoavelmente precisa.

Dei um passinho com o pé direito; na verdade, foi mais um arrastado, por uns quinze centímetros. Parei, depois movi o pé esquerdo até o direito. *Isso está ruim*, pensei.

— Está bom — disse Norma. — Você conseguiu. Agora tente outro.

Arrastei-me à frente outra vez, me sentindo como um velho. Estava na metade do caminho do banheiro quando comecei a pensar se conseguiria voltar à cama.

— Acho melhor voltar.

— Vamos experimentar dar a volta — disse Norma.

Eu me arrastei em círculo até ficar de frente para a cama. Três dias antes, estava medindo minhas caminhadas em quilômetros. Agora, contava os passos. Dezoito passos e estava exausto. Caminhei de volta para a cama, virei, encostei na lateral dela e depois deitei. Norma piedosamente ergueu minhas pernas até o colchão.

— Você foi ótimo — ela me encorajou. — Foi um ótimo começo.

— Não teve nada de ótimo nisso — eu disse.

— Claro que teve — continuou ela. — Você só está mais avariado do que achou.

Até aquele momento estava em estado de negação, dizendo a mim mesmo que, apesar do alerta do médico, pegaria minha mochila e sairia andando do hospital. A realidade era que eu teria que passar por um período extenso de recuperação.

— Sei que não parece muito, mas os músculos da sua barriga foram cortados. Vai levar um tempo até você se recuperar totalmente.

Nesse instante, fui tomado de raiva por tudo que me derrubou: meu corpo, o Hilton lotado, a gangue, o garoto com a faca que estava em algum lugar do meu andar, no hospital. Ficar desfalecido numa cama de hospital não fazia parte do meu plano. *Será que eu já não tinha sofrido o bastante?*

Para piorar as coisas, as estações já tinham se colocado contra mim. Planejara atravessar o desfiladeiro de Idaho, depois Montana e Wyoming e, com alguma sorte, sair das montanhas antes que as nevascas chegassem e fechassem as estradas. Essa esperança se fora. Até a época em que estivesse andando outra vez, as estradas estariam intransponíveis. Gostando ou não, estava de castigo até a primavera.

Depois que Norma saiu da sala, Angel sentou novamente, rápida, chegando sua cadeira mais perto de mim.

— Você está bem?

— O que você acha? — estrilei. — Andar era a única coisa que eu tinha. Agora vou ficar encalhado nesse lugar abandonado até a primavera.

Ela me olhou, demonstrando mágoa no rosto.

— Eu lamento.

Olhei para ela e suspirei.

— Não, me desculpe. Não é culpa sua. Eu só estou aborrecido.

Depois de alguns minutos de silêncio, ela disse

— Talvez eu vá fazer compras no mercado. Precisa de alguma coisa?

Eu não podia acreditar no quanto ela estava sendo bondosa, depois que eu tinha acabado de gritar com ela.

— Pop-Tarts — respondi.

— Pop-Tarts?

— Pop-Tarts de morango.

Ela sorriu.

— Pop-Tarts, então. Trago esta noite.

— Você vai voltar à noite?

— Se estiver tudo bem por você.

— Não sei por que você ia querer voltar.

— Eu gosto de vê-lo — disse ela. — Você joga cartas?

— Texas Hold'em, Hearts e Gin Rummy.

— Então vou trazer o baralho. — levantou-se. — Te vejo à noite.

— Angel, eu realmente lamento muito.

— Não se preocupe. Eu faria a mesma coisa. — ela tocou meu braço e em seguida saiu pela porta. Depois que Angel partiu fiquei deitado, pensando nela. Ela realmente era bondosa.

✦

Mais tarde Norma voltou.

— Eu lhe trouxe algo — disse, segurando um pedaço de papel.

Affectus, que passio est, desinit esse
passio simulatque eius claram et
distinctam formamus ideam.

Olhei para o papel, sem entender.

— Não sei ler latim.

— Na verdade, nem eu. É do filósofo Spinoza. Aqui diz, bem estou para-fraseando: *O sofrimento deixa de ser sofrimento, assim que formamos um quadro claro sobre ele.* Meu pai me deu isso, alguns anos atrás, quando tive um bebê que nasceu morto. Isso me ajudou a superar. Sei que você está passando por muita dor e frustração. Mas isso vai passar e antes que você perceba, estará andando outra vez. Eu prometo.

Olhei o papel.

— Importa-se em pendurar em algum lugar onde eu possa ver?

— Com o maior prazer. Vou procurar fita adesiva. — ela saiu do quarto.

O sofrimento deixa de ser sofrimento quando formamos um quadro claro sobre ele. Fiquei imaginando se essa seria a razão para que me sentisse tão forçado a escrever em meu diário.

Quando voltou, ela pregou o papel na porta do meu armário.

— Que tal?

— Perfeito.

— Pronto para andar novamente?

— Claro.

Cerrei os dentes ao mover meus pés para a lateral da cama, depois des-lizei à frente. A dor parecia pior dessa vez. Norma prendeu o cinto andador ao redor da minha cintura.

— Certo, vá com calma. Um passo de cada vez.

Respirei fundo, depois dei um passo e fui acometido por uma dor agu-da. Parei, depois dei outro passo. A mesma coisa. Dei um terceiro passo, e parei novamente.

— Não consigo.

— Você ainda está dolorido dessa manhã — ela disse, baixinho. Co-locou meu braço ao redor de seu ombro e lentamente me ajudou a voltar. Sentei e ela ergueu meus pés para cima da cama. — Tentaremos novamente amanhã.

Fechei os olhos e suspirei.

— Ei, você vai conseguir. Antes que perceba, estará correndo marato-nas. — afagou minha perna. — Meu turno terminou. Eu o verei amanhã.

Depois que Norma saiu, tentei formar um quadro claro do meu sofrimento. Isso não fez a dor sumir.

Angel voltou por volta das sete. Estava vestindo um casaco comprido de lã azul-marinho e carregava um saco plástico de mercado, do qual tirou duas caixas de Pop-Tarts.

— Comprei seus Pop-Tarts — disse. — Eu não sabia se você queria o confeitado ou o simples, então comprei os dois. — e colocou as caixas na mesa ao lado da minha cama.

— Obrigado. — agradeci e abri a caixa com os doces confeitados e tirei um da embalagem, abrindo o celofane com os dentes. Estendi um a Angel. — Aceita?

— Claro. — ela pegou o doce. Depois, conforme caminhou ao outro lado da minha cama, notou a citação que Norma tinha pregado na porta do armário. — O que é isso?

— Foi a Norma quem trouxe.

Ela estreitou os olhos para ler.

— Emoção, que é sofrimento, para... não, deixa de ser sofrimento quando uma ideia distinta é formada.

— Você lê latim? — eu perguntei.

— Quase — respondeu. — Tive aulas no ensino médio.

Notei que ela não fez qualquer comentário sobre a mensagem ou seu significado. Ela tirou o casaco.

— Sua família deve estar imaginando por que você passa tanto tempo fora, ultimamente — eu disse.

— Não há família — disse ela. — Só eu.

— Bem, então, seus amigos devem estar se perguntando o que você anda fazendo.

Um sorriso sarcástico surgiu no rosto dela.

— Ninguém irá fazer um boletim de ocorrência por desaparecimento, se é isso que você quer dizer. Sou meio solitária.

Olhei-a intrigado.

— Eu jamais a imaginaria como solitária.

— E por quê?

— Você é uma pessoa muito amistosa, gentil. Isso não combina.

— Eu poderia dizer o mesmo de você.

— As coisas acontecem.

— Exatamente — respondeu ela. — As coisas acontecem. — e me olhou, por um momento. — Estava pensando na aliança que você procurava. Você amava sua esposa?

— Sim.

— Lamento.

— Eu também.

Ela pousou a mão em meu braço.

— Eu sei que essa é uma pergunta tola, mas há algo que eu possa fazer?

— Eu gostaria que houvesse. — depois de um instante perguntei — Você já foi casada?

— Não.— respondeu, hesitante.

— Você é de Spokane?

— Eu nasci aqui, mas minha família se mudou para o Minnesota quando eu tinha oito anos. Recebi uma oferta de emprego, alguns meses atrás, e decidi voltar.

— Então, como é ser uma despachante policial?

Angel sacudiu os ombros.

— Não é tedioso, mas é depressivo. Parece que o dia todo eu testemunho o pior da raça humana.

— Nunca tinha pensado nisso. De que lugar do Minnesota você é?

— Perto do Lago Minnetonka, em Wayzata.

— Nunca estive no Minnesota. Ouvi dizer que é bonito.

— É frio — disse ela, sucinta. — Muito frio.

Por sua expressão, imaginei que ela não estivesse falando apenas do clima.

CAPÍTULO
Seis

Na faculdade, fiz um curso de psicologia social, algo que julguei ser útil na carreira de publicidade. Os psicólogos testavam a história do Bom Samaritano. O que eles aprenderam nos dá motivo para parar. A maior determinante de quem parou para ajudar um estranho necessitado não foi a compaixão, nem a moral, nem o credo religioso. Os que pararam tinham tempo. Isso me faz pensar se eu tenho tempo para fazer o bem.

Aparentemente, Angel tem.

Diário de Alan Christoffersen

Na manhã seguinte, estava lendo o jornal quando Norma entrou em meu quarto com sua prancheta. Enquanto ela lia, eu testava minhas pernas, erguendo uma de cada vez, segurando o máximo que podia, o que, infelizmente, dava pra medir em centésimos de segundo.

— Oi — disse ela, ligeiramente estressada.

Eu baixei o jornal.

— Como você está hoje? — perguntei.

— Bem. Agora, a pergunta de cem mil dólares: como você está?

— Ainda estou aqui.

— Você ouviu dizer...? — ela hesitou. — O garoto morreu.

— Quem?

— O menino que o esfaqueou.

Sacudi a cabeça.

— Não.

Não tinha certeza do que responder. Nem tinha certeza do que sentir. Vingança, justiça, pena, tristeza? A verdade é que não senti nada. Depois de um momento ela disse:

— A médica virá vê-lo esta tarde.

— Ela dirá quando posso ir?

— Acho que sim. — respondeu, checando meus monitores, depois perguntou — Está pronto para andar novamente?

— Claro — respondi.

— Tenho alguns outros pacientes que preciso ver, depois eu volto. — e saiu.

Recostei-me e suspirei. Não estava me sentindo nada melhor que antes.

Meia hora depois do café, Norma voltou ao meu quarto, trazendo o cinto andador.

— Vamos fazer isso.

Tirou meu cateter, depois eu sentei e girei as pernas para a lateral da cama, rápido demais. Cerrei os dentes de dor.

— Só um instante — Norma disse. — Antes que você tente novamente quero lhe perguntar uma coisa.

Olhei para ela, na expectativa.

— Sim?

— Por que você quer andar? Qual é o seu motivo prioritário?

— Para que eu possa tirar essa... — me contive para não xingar. — Esse cateter.

Ela me olhou, pensativa.

— Angel me disse que você está caminhando até Key West. É verdade?

— Estava tentando.

— Tem que haver uma história nisso.

Olhei pra baixo, por um momento. Então falei:

— No mês passado, perdi minha esposa, minha casa e minha empresa.

A expressão dela mudou.

— Lamento, não sabia. — tocou meu braço delicadamente. — Então por isso que está caminhando.

— Caminhar é o que tem feito com que eu siga em frente. Sem Key West não tenho nada.

Ela concordou, lentamente.

— Não se esqueça disso. Agora, vamos caminhar.

Novamente, pousei os pés no chão e comecei a transferir meu peso. Na verdade, a dor não foi tão intensa quanto no dia anterior.

— Estou pronto — falei.

Norma pegou meu braço e me forçou a ficar de pé, mantendo-me firme para suportar a dor. Dei um passo à frente. A dor voltou a queimar meu corpo, mas, de alguma forma, não tanto como na véspera. *Eu posso fazer isso*, pensei. Dei outro passo, parei, depois dei outro. — Eu posso fazer isso — disse.

— Eu sei que pode — falou Norma.

Dei mais seis passos, depois parei. Ou a dor tinha melhorado ou minha determinação aumentara o suficiente para equiparar. Dei mais alguns passos, depois estiquei a mão e peguei a maçaneta do banheiro.

Norma sorriu.

— Você conseguiu.

Respirei fundo.

— Agora vamos ver se eu consigo voltar. — virei lentamente, sem parar, e caminhei até a cama. Norma aplaudiu.

Quando estava confortavelmente deitado na cama perguntei:

— Poderia tirar o meu cateter agora?

— Com prazer. — ela fechou minha porta, depois colocou as luvas emborrachadas, puxou meu avental para o lado e removeu meu cateter.

— Finalmente — eu disse.

— Você conquistou isso.

Enquanto ela tirava as luvas, perguntei:

— Como soube quanto a me perguntar sobre meu motivo para andar?

— Segundo minha experiência, se você focar o motivo, o *como* se encarrega de si mesmo. — ela se aproximou e tocou meu braço. — Estou orgulhosa de você. Sabia que conseguiria. Venho checá-lo outra vez antes do fim do meu turno. — e seguiu em direção à porta.

— Norma?

Ela virou de volta.

— Sim?

— Obrigado.

Ela sorriu e saiu.

Passei o restante da manhã lendo. Norma voltou por volta das duas, com uma pilha de impressões coloridas.

— Eu lhe trouxe uma coisa. — me entregou os papéis.

Dei uma olhada nas fotos das praias e no mar.

— O que são?

— Fotos de Key West. Imprimi da Internet.

— Quero dizer, para que são?

— Lembretes — disse ela. — Posso pendurá-las, se quiser.

Eu devolvi as fotos a ela.

— Claro.

— Bom. Está pronto para dar outra caminhada?

— Sim. Ao banheiro, por favor.

Coloquei as mãos na beirada da cama e me forcei para cima. Caminhei até o banheiro, mais ou menos no mesmo tempo que antes, entrei, tranquei a porta e usei o sanitário. Saí alguns minutos depois.

— Eu me sinto humano outra vez.

— Um pequeno passo para um homem, um grande salto pela dignidade.

Sorri, enquanto voltava lentamente. Quando cheguei à minha cama ela disse:

— Que admirável, Alan. Muito bem.

— Obrigada, treinadora. — sentei de volta na cama.

Ela pegou as fotos de Key West na mesinha de cabeceira.

— Vou pendurar isso pra você.

Havia seis fotos, no total. Ela começou a pendurá-las nas duas paredes do armário.

— E então, você tem grandes planos para esta noite? — perguntei.

— Meu marido tem que trabalhar até tarde, então vou até minha mãe ajudar a limpar o porão. Ela anda num frenesi de faxina, ultimamente.

— Parece divertido. Gostaria de poder ajudar.

— Aposto que sim — disse ela, sarcástica. — E quanto a você? Algum plano empolgante? Vai andar de skate? Jogar tênis?

— Pensei em só ficar por aqui.

Ela sorriu.

— Boa ideia. Sua amiga vem hoje?

— Você quer dizer a Angel?

Norma assentiu.

— Acho que sim. Ela não disse. — respondi.

— Tive uma boa conversa com ela, ontem. Ela é bem interessante. Há quanto tempo a conhece?

— Na verdade, não a conheço.

Ela terminou de pregar a última foto e virou de volta.

— O que quer dizer?

— Eu a conheci há pouco mais de uma semana, quando parei para ajudá-la a trocar um pneu furado.

— Que engraçado. Ela fala de você como se fosse seu melhor amigo. Sabe, ela fez algo realmente surpreendente. Estava admirando seu colar de safira quando ela o tirou e me deu. Tenho certeza de que deve valer pelo menos mil dólares.

— Ela te deu um colar de safira?

— Bem, ela tentou. Eu não aceitei.

Eu não tinha certeza do que pensar disso.

— Ela é meio misteriosa. Não consigo entender por que tem sido tão boa pra mim.

— Talvez seja uma dessas raras pessoas que sinceramente se importam com os outros. Ou talvez seja um anjo.

— Um anjo?

— Bem, esse é seu nome, não é? — disse Norma, afagando meu braço. — A Dra. McDonald virá vê-lo antes do término do seu plantão, então, caso ela lhe dê alta, não vá embora correndo sem se despedir.

— Acho que não vou correr para lugar nenhum. Divirta-se na sua mãe.

Ela sorriu.

— Você sabe que vou me divertir. Cuide-se. E fez um bom trabalho, hoje. Você é meu herói.

Depois que ela saiu, pensei em nossa conversa sobre Angel. Não tinha intenção de questionar seus motivos, ou talvez tivesse, mas realmente não sabia o que a motivava. Talvez ela fosse simplesmente altruísta, como Norma especulou, uma santa dos tempos modernos. Conheci gente assim, não muita, mas algumas pessoas. Minha mãe era assim. E também a minha ex-assistente, a Falene, que sem motivo aparente ficou ao meu lado durante todo o caos e a crise que passei. Apesar dos horrores que lemos nos jornais, ainda há pessoas abnegadas, com corações generosos.

50   *Richard Paul Evans*

Mas minha mãe era minha mãe e Falene me conhecia. Angel era uma estranha absoluta. Algo não batia.

A Dra. McDonald só veio me ver às cinco. Ao entrar, deu uma olhada nas fotos no meu armário.

— Parece que Key West veio até você. — ela caminhou até a lateral da minha cama. — Desculpe por estar tão atrasada. Tive um paciente cujo coração resolveu tirar férias. Ouvi dizer que você está andando outra vez.

— Estou mais me arrastando, mas consegui ir até o banheiro.

— Excelente. Sua tomografia não mostra nenhum dano, seus outros órgãos vitais estão estáveis e você parece estar se recuperando sem qualquer complicação, portanto gostaria de mantê-lo aqui por mais vinte e quatro horas, depois você está livre para ir.

— Parece justo.

— Escrevi uma receita de antibiótico e comprimidos de morfina para uma semana, para ajudar com a dor. A dosagem é de dez miligramas e você vai tomar para ter mais alívio, portanto pode parar de tomar quando se sentir melhor. Vamos mandá-lo pra casa com os curativos e pedir que volte na semana que vem para a remoção dos pontos. Vou deixar suas receitas aqui. — ela colocou os papéis na mesa de cabeceira. — Então, estão dizendo por aí que você vai caminhar até Key West.

— Esse é o meu plano.

— Tomara que você não faça mais desvios. — ela sorriu. — Boa sorte, Sr. Christoffersen.

✦

Angel chegou uns dez minutos depois que a médica saiu. Seus olhos estavam vermelhos, como se ela tivesse andado chorando.

— Como foi o seu dia? — perguntou.

— Até que não foi ruim — eu disse. — E o seu?

— Estou bem — disse ela, e sentou.

— Andei sozinho — eu disse.

— E eu perdi? — ela falou como uma mãe que perde os primeiros passos do filho.

— Não é grande coisa — falei.

— É, sim. Lamento não estar presente.

— A médica esteve aqui, agora mesmo. Disse que eu posso ir embora amanhã.

Isso claramente a deixou satisfeita.

— Bom. Está tudo pronto em casa. Tem mais alguma coisa que você precise?

— Preciso comprar os remédios das minhas receitas — respondi, apontando para a mesa.

Ela levantou e pegou os papéis.

— Sem problema.

— Minha carteira está no zíper pequeno, do lado de fora da minha mochila. Tem um cartão de crédito dentro.

— Está bem — disse ela. — Agora eu vou cuidar disso.

Notei que ela saiu sem levar meu cartão.

CAPÍTULO
Sete

Tem pessoas que entram em nossas vidas e são bem-vindas como uma brisa fresca de verão e duram aproximadamente o mesmo tempo.

Diário de Alan Christoffersen

No dia seguinte, Norma estava arrumando as coisas no meu quarto enquanto eu esperava que Angel chegasse. Ela tinha planejado sair um pouquinho mais cedo do trabalho, cinco e meia. Angel chegou às 17h45, sem fôlego.

— Desculpe, estou atrasada — disse, ofegante. — Tive problemas de GL.

— GL? — perguntei.

— Glicemia sanguínea — disse Norma. — Você é diabética?

— Do tipo um. Tive uma ligeira queda, essa tarde.

— Você não mora sozinha, mora? — perguntou Norma.

— Sim.

Norma ergueu a cabeça.

— Isso é muito perigoso. Agora estou ainda mais contente que Alan vá ficar com você.

— Eu também — disse Angel. Ela ergueu um saco de papel. — E eu comprei seus medicamentos. — abriu o zíper da minha mochila e guardou os remédios.

— Só preciso me vestir — falei.

— Vamos deixá-lo à vontade — disse Norma.

Alguns minutos depois, Norma bateu e abriu a porta.

— Pronto? — entrou, empurrando uma cadeira de rodas. Angel estava logo atrás.

— Gostaria de levar Key West com você? — perguntou Norma, tirando as fotografias.

Eu me virei para Angel.

— Haverá espaço na parede?

— De sobra.

— Tudo bem. Levo Key West.

— Vou buscar o carro — disse Angel. Ergueu minha mochila, embora com dificuldade. — Vou encontrá-lo lá embaixo. — e saiu.

Levantei, caminhei até a cadeira de rodas e sentei.

— Sabe, sentirei sua falta — disse à Norma.

— Também sentirei a sua. Pode me mandar um cartão, quando chegar a Key West?

— Sim.

Norma me levou na cadeira até o elevador e apertou o botão da recepção. Um momento depois eu estava fora do hospital.

Reconheci o carro de Angel do primeiro encontro, um antigo Chevrolet Malibu prateado, que ela encostou junto à área de embarque de passageiros, bem à nossa frente. Pôs o carro em ponto morto, desceu, deu a volta e abriu a porta do passageiro.

Descer o meio-fio subitamente me pareceu assustador.

— Eu posso fazer isso — falei, embora estivesse menos convicto que esperançoso. Levantei devagar, me apoiando nos braços da cadeira. Não podia acreditar o quanto ainda doía para que me movimentasse. Entrar em forma novamente não aconteceria de um dia para o outro. Fiquei de pé, por um momento, testando meu equilíbrio.

— Conseguiu? — perguntou Norma.

— Estou bem.

— Boa sorte — disse ela.

— Obrigado. Por tudo.

Ela se inclinou à frente e nós nos abraçamos. Então, cuidadosamente, desci o meio-fio e entrei no carro. Ergui os pés para o lado de dentro. Angel se inclinou acima de mim e travou meu cinto de segurança, depois fechou a porta do carro.

Norma sorriu, me jogou um beijo, depois pegou a cadeira de rodas e voltou lá pra dentro. Angel sentou em seu banco e ligou o carro.

— A Norma foi ótima.

— Foi mesmo — concordei.

— Agora é a minha vez de cuidar de você. — engrenou o carro e nós seguimos para sua casa.

CAPÍTULO
Oito

Eu me sinto como uma pipa num furacão.

Diário de Alan Christoffersen

Angel vivia a quinze minutos do hospital, num pequeno subúrbio a leste da cidade. Atravessamos trilhos de trem e eu segurei o abdome, contorcendo o rosto. Angel me deu uma olhada.

— Desculpe — disse ela. — Estamos quase chegando.

Enquanto seguíamos de carro, a paisagem da cidade passava por mim, como um cinema monótono. Tudo que eu conseguia pensar era o quanto eu não queria estar em Spokane. A cidade me parecia tão cinzenta quanto o clima, embora isso provavelmente fosse um reflexo do meu tom cinzento interior. Já tinha estado em Spokane duas vezes e gostei da minha estadia, mas dessa vez a cidade não parecia receptiva.

Spokane é a segunda maior cidade do estado de Washington, e muito parecida com Seattle, só que sem a população, a comunidade de negócios, a economia, a margem da água, a política, o café... na verdade, Spokane não tem nada a ver com Seattle.

Tenho certeza de que as pessoas que moram aqui são igualmente afetuosas, inteligentes e cultas como as de Seattle, talvez até mais e, em sua defesa, elas não deram ao mundo a música grunge, nem o Six Mix-a-lot. É apenas diferente. Muito diferente.

Como disse, meu problema não era Spokane como um local, era o fato de que eu estava empacado ali. Ainda estava fugindo de Seattle e minhas pernas foram tiradas de mim, apenas alguns quilômetros da divisa de Washington com Idaho. Minha vontade de sair do estado era maior do que podia expressar.

✦

O apartamento de Angel ficava localizado num casarão tipo chalé, apenas alguns quilômetros ao norte da Universidade de Gonzaga, numa rua chamada Nora, perfilada de pinheiros. A casa, que havia sido divida em três apartamentos, tinha o telhado pontudo e tinta amarela descascando, o que a fazia sobressair não apenas por sua cor mas porque a maioria das casas da rua era de tijolinhos. As janelas eram estreitas e irregulares, algumas mais altas que as outras. Na frente, havia um quintal de bom tamanho, com arbustos excessivamente grandes cercando o lado externo da casa.

A vizinhança parecia calma para uma região universitária, o que significava que as casas vizinhas eram ocupadas por alunos sérios nos estudos ou de ressaca pelas farras e noitadas. Eu torcia pela primeira opção.

Aproximadamente metade das casas estava decorada para o Halloween, algumas com muito esmero, exibindo imensas teias de aranha e outros assombros. O resumo da decoração da casa de Angel era uma pilha de talos secos de milho no chão, ao lado da entrada da frente.

Angel encostou o carro junto ao meio-fio, de modo que fiquei do lado da rua, mas essa era a extensão das minhas acrobacias. Olhei pra ela.

— Pode me dar uma mão?

— É claro. Contamos até três e eu te puxo — disse ela.

— Está bem — respondi, colocando os pés na rua asfaltada.

— Um, dois, três... — ela puxou conforme me inclinei à frente e levantei. Uma dor incapacitante subiu pelo meu corpo, me tirando o ar.

— Só um minuto — pedi.

— Você está bem?

— Vou ficar. — quando a dor abrandou eu disse: — Tudo bem. Vamos à próxima.

Ela veio até meu lado e pegou meu braço.

— Vamos.

Pisei na calçada, rumo ao gramado amarelado, olhando como se fosse um jóquei observando a pista de corrida. Acabaria correndo por essas calçadas, mas, no momento, apenas chegar à casa e subir os degraus da entrada parecia uma tremenda meta.

Fui me arrastando pelo caminho de cimento até os degraus que conduziam ao apartamento. Eles eram estreitos e altos, com um corrimão de ferro fundido enferrujado na base. Agarrei o corrimão e só fiquei olhando o primeiro degrau.

— Você está pronto para isso? — perguntou ela.

— Ou subo ou terei de rastejar.

— Deixe-me ajudá-lo. Coloque o braço em volta do meu ombro.

Com a ajuda dela cheguei ao piso, e cada passo foi acentuado com palavras de incentivo.

— Você está ótimo — disse ela. — Ótimo, mesmo.

Acho que com "ótimo" ela quis dizer que não caí.

O apartamento de Angel ficava no piso principal, nos fundos. Ela tirou a chave da bolsa, destrancou três trincos na porta, depois empurrou para abri-la.

— É simples, mas é um lar — disse.

Entrei na frente. A primeira coisa que notei foi o cheiro maravilhoso de comida, embora me perguntasse como isso seria possível, se ela tinha passado o dia todo trabalhando.

— Que cheiro bom.

— É o jantar, numa panela elétrica Crock-Pot — ela respondeu.

A sala da frente era maior do que eu esperava, com uma enorme janela panorâmica e vista para o quintal dos fundos. Tinha um sofá e uma mesa de centro retangular na frente de uma televisão que ficava no fundo de uma prateleira. A sala era espaçosa e austera, com o mínimo necessário.

Havia algo diferente ali, faltava alguma coisa, mas não conseguia perceber o que era.

No fim do corredor havia uma pequena cozinha, bagunçada, com uma mesinha de tampo de fórmica.

No corredor entre a sala e a cozinha havia três portas.

— Esse é seu quarto — disse ela, empurrando a porta da esquerda e entrando. Entrei atrás dela. No canto havia uma cama de casal com quatro mastros, encostada em duas paredes, deixando uma margem de três palmos na frente e na lateral. Tinha um armário pequeno e uma cômoda.

— Espero que esteja bom.

— Está mais que bom — respondi.

— Depois do jantar podemos pendurar suas fotos de Key West. — Ela recuou no corredor. — Meu quarto fica bem ali, do outro lado do corredor. Fique à vontade. Estou fazendo um jantar especial para comemorar sua alta do hospital. Espero que você goste de comida italiana.

— Adoro comida italiana.

— Estou fazendo um frango *cacciatore*, com ravioli de legumes.

— Então você cozinha.

— Adoro cozinhar — disse ela. — Mas dificilmente cozinho, pois sou só eu. Preciso de meia hora para terminar. Você gostaria de ler algo ou assistir televisão?

— Posso assistir qualquer bobagem.

— Então vamos à TV. Deixe-me encontrar o controle remoto.

Fui arrastando os pés até a sala da frente e sentei no sofá, que era mais baixo e mais macio do que eu esperava, e caí para trás, nas almofadas, como se fosse areia movediça. Sabia que não conseguiria me levantar sem ajuda.

Angel encontrou o controle remoto no chão, ao lado da televisão, e me trouxe.

— Esqueci de trazer sua mochila do carro.

Ela saiu pela porta da frente, deixando-a ligeiramente aberta, e voltou alguns minutos depois, carregando minha mochila no ombro. Estava um pouquinho ofegante.

— Vou deixá-la em seu quarto.

— *Grazie*.

— De nada. — respondeu, seguindo para o quarto, depois sumiu na cozinha. Fui passando os canais e parei no meio de uma exibição de *Spartacus*, na TV aberta.

Aproximadamente quarenta e cinco minutos depois Angel veio me buscar.

— O jantar está pronto — disse.

Ela me ajudou a levantar do sofá. Quando entrei na cozinha, a mesa estava posta com louça de porcelana e havia uma vela branca no centro.

— Você teve muito trabalho — comentei.

— Trabalho nenhum, é uma comemoração — respondeu ela.

Ela puxou minha cadeira e eu sentei devagar. Depois se sentou de frente para mim.

— *Buon appetito* — disse ela.

— Pra você também — respondi. — Você pode comer massa, tendo diabetes?

— Os carboidratos são uma dificuldade, simplesmente não como muito. — Ela ergueu um pequeno objeto cilíndrico. — E claro que tomo minhas injeções.

Foi uma das melhores refeições que tive desde que deixei Seattle, e eu disse isso a ela. Angel pareceu muito feliz em me ver tão satisfeito.

— É um prazer cozinhar para alguém que aprecia.

— Então, fora o trabalho e os cuidados com enfermos, o que você faz como diversão?

— Diversão? — ela repetiu, como se há tempos não ouvisse essa palavra. — Bem, ultimamente não tenho tido muito tempo, mas tenho assistido a lista dos cem melhores filmes do Instituto Americano de Cinema. Comecei pelo centésimo e estou prosseguindo até o número um.

— Que é...?

— *Cidadão Kane.*

Eu assenti.

— Orson Welles. É claro.

— Ontem à noite assisti ao número setenta e oito, *Rocky.* Essa noite é o setenta e sete, se você quiser me acompanhar.

— Tenho quase certeza de que minha agenda está livre. Qual é o setenta e sete?

— *Loucuras de verão.*

— Faz pelo menos vinte anos que assisti.

— É um clássico — disse ela. — Claro que pode-se dizer isso de praticamente tudo o que está na lista.

Angel comia devagar, controlando o quanto ingeria, enquanto me observava fazer o oposto. Ela parecia entretida pelo meu apetite. Quando finalmente pousei o garfo, perguntou:

— Posso lhe servir mais alguma coisa? Mais um pouco de carne?

Ri alto.

— Não, acho que já terminei.

Ela sorriu.

— Por que você não volta para a sala? Vou lavar a louça rapidamente, depois vou pra lá.

— Posso ajudar — falei.

— Você não deve ficar de pé. Além disso, só vou levar cinco minutos.

— Quero circular por aqui.

— Faremos um trato. Assim que você puder dar a volta no quarteirão vou fazê-lo trabalhar como uma mula alugada.

— Isso é um incentivo — respondi.

— Eu sou a maior motivadora dos homens — respondeu ela.

Consegui me levantar, embora tivesse precisado tomar impulso apoiando na mesa. Enquanto ela lavava a louça, fui até o meu quarto. Meus curativos estavam coçando um pouquinho e puxei um deles para inspecionar o ferimento. Estava levemente avermelhado em volta dos pontos, mas não parecia infeccionado. Nesse momento ouvi vozes de crianças.

— Gostosuras ou travessuras!

Coloquei a cabeça pra fora da porta.

— Parece que você tem visita. — falei, mas para minha surpresa, ela não atendeu à porta.

Coloquei o curativo de volta, depois fui arrastando os pés até o sofá. Alguns minutos depois Angel veio até a sala da frente com uma vasilha de barrinhas de chocolate. Ela rapidamente abriu a porta do apartamento, pôs a vasilha no chão, depois fechou outra vez.

— Você sabe o que vai acontecer, não sabe? — eu disse.

— O quê?

— Alguma criança vai levar a tigela inteira.

— Tenha um pouquinho de fé — disse ela, caminhando de volta à cozinha.

— Tenho fé — respondi. — Isso é o que eu teria feito.

— Estou quase terminando — ela ignorou meu comentário. — Só vou fazer um pouco de pipoca. Não dá pra assistir a um filme apropriadamente se não tiver pipoca.

Alguns minutos depois ela voltou com um saco de pipocas de micro-ondas. Então inseriu um disco no aparelho de DVD.

— Se eu estivesse pensando à frente, teria alugado o número dezoito para esta noite.

— Qual é o número dezoito?

— *Psicose*, de Hitchcock. — respondeu, e apagou a luminária de chão, pegou uma das almofadas do sofá, sentando-se no chão.

— Você vai ficar sentada aí?

— Gosto de sentar no chão. Pode ficar à vontade no sofá.

Deitei de lado e apertei o botão pra começar o filme.

Passava das onze quando o filme terminou. Angel levantou e acendeu a luz.

— Foi bom.

— Eu tinha me esquecido que o Richard Dreyfuss estava nesse filme — disse. — E tão jovem.

— E Suzanne Sommers e Cindy Williams. Esse filme lançou uma dúzia de seriados cômicos.

— Qual é o próximo da lista? — perguntei.

— Deveria ser *Luzes da cidade*.

— Nunca ouvi falar.

— É um antigo filme de Charles Chaplin.

— Um filme de Charlie Chaplin — repeti, feliz por haver um filme dele na lista.

— É considerado um dos melhores filmes do cinema mudo. E deixe-me lhe dizer: não foi fácil encontrar. Encomendei on-line, mas ainda não chegou.

Ela foi até a porta da frente e abriu, abaixando para pegar a vasilha de doce. Ainda tinha doce dentro.

— Você estava errado. Há esperança para a próxima geração. Coma um Milky Way. — E me jogou um chocolate em miniatura.

— Essa é a última jogada — eu disse.

— O quê?

— Eles reduzem a barra de chocolate a uma fração de seu tamanho e chamam de "tamanho divertido". Não tem nada de divertido numa barra de chocolate menor. É tudo uma jogada.

— Assim como a vida — disse ela.

66   *Richard Paul Evans*

— Assim como a vida — concordei.

Ela caminhou até mim.

— Vou ajudá-lo a se levantar.

Pegou meus dois braços, inclinando-se para trás para me puxar do sofá.

Gemi, ao levantar.

— Levantar é sempre a pior parte.

— Quer mais alguma coisa, antes de ir pra cama?

— Não. Estou bem. Então o que você vai fazer, quando terminar de assistir aos cem filmes?

Ela me olhou com uma expressão estranha.

— Então terei terminado.

A forma como disse isso me pareceu peculiar. Então, Angel sorriu.

— Provavelmente já terei saído para o trabalho, quando você acordar, então tome seus analgésicos com comida e eu vou colocar o plástico em rolo Saran Wrap no banheiro.

— Plástico em rolo?

— Lembre-se, você não deve molhar seus curativos. A Norma disse nada de banhos de banheira por pelo menos uma semana, e quando você tomar banho de chuveiro, precisa cobrir seus curativos com celofane.

Concordei, impressionado por ela ter se lembrado.

— Ela disse que funciona melhor se você simplesmente embrulhar o plástico em volta de seu corpo, algumas vezes. Não faz mal se ficar só ligeiramente úmido.

— Você é uma enfermeira muito boa.

— Faço o melhor possível.

Fui arrastando os pés até meu quarto, com Angel ao meu lado. Quando cheguei à porta virei-me pra ela.

— Obrigado por tudo. Você é mais que uma boa enfermeira, é uma boa pessoa.

Ela me olhou nos olhos com uma luz que não consegui interpretar.

— Eu gostaria que isso fosse verdade — disse, depois sumiu em seu quarto.

CAPÍTULO Nove

Hoje eu consegui chegar à calçada da frente.
Não sei se devo ficar feliz pela minha façanha,
ou deprimido por considerar isso uma façanha.

Diário de Alan Christoffersen

Angel já tinha saído quando acordei na manhã seguinte. Ela deixou um bilhete pra mim, em cima da mesa da cozinha.

Tem café da manhã no forno para aquecer. Suco de laranja na geladeira. Por favor, desligue o forno. Estarei em casa por volta das cinco.
Tenha um bom dia, Angel.

Fui até o forno e, com alguma dificuldade, me curvei e abri a porta. Dentro havia uma forma quadrada com algo que parecia uma omelete assada, uma fritada. Acho que é assim que se chama. Ela não precisava ter tanto trabalho, já que eu ficaria igualmente feliz com uma tigela de Wheaties.

Desliguei o forno, peguei a luva térmica que ela tinha deixado em cima da bancada e tirei a forma. Ela já havia posto a mesa pra mim, e coloquei a fritada no prato. Peguei meus analgésicos e o suco de laranja (que ela tinha colocado no copo) e sentei para comer. O negócio de ovos estava delicioso.

Depois do café fui tomar banho.

Tinha uma caixa de filme plástico Saran Wrap ao lado da pia. Tirei a roupa, dei duas voltas de celofane ao redor do tórax e depois abri a água.

Senti a temperatura da água, entrei e me deixei lavar. Era o primeiro banho que tomava, depois de dias, e fechei meus olhos, deixei que a água morna cobrisse meu corpo. Fiquei ali em pé por pelo menos dez minutos.

Levei quase dez minutos pra vestir a roupa. Já tinha descoberto que amarrar os sapatos era quase impossível, então afrouxei os cadarços, depois joguei os sapatos no chão, deslizando os pés pra dentro. Quando estava finalmente vestido, caminhei até a porta da frente. Não tinha a chave do apartamento, então chequei para ter certeza de que a porta não estava trancada, depois caminhei lentamente até a porta da frente do prédio, abrindo-a para o mundo lá fora. A rua estava quieta, ornamentada com algumas abóboras esmagadas.

Planejara minha recuperação enquanto estava deitado na cama, na noite anterior. Minha primeira grande meta era dar a volta no quarteirão, antes que nevasse, o que parece ridiculamente simples, mas à época parecia tão assustador quanto escalar o Everest.

Minha primeira pequena meta era subir e descer sozinho os degraus da frente, e a segunda era chegar até a calçada. Se não estivesse com tanta dor teria rido do absurdo das minhas expectativas. Apenas algumas semanas antes minha meta era atravessar o país andando. Hoje ficaria radiante se chegasse até a calçada.

Agarrei o corrimão de ferro fundido e dei meu primeiro passo de descida, com o pé direito, depois movi o esquerdo até o mesmo degrau. Um passo. Repetir. Um passo. Repetir. Seis passos. A menos que a pessoa tenha uma neurose obsessiva-compulsiva, não é todo mundo que conta os passos; apenas sobem e descem o mais rápido que podem, mas pra mim os passos se tornaram marcos.

Fui devagar, mas cheguei ao último degrau com uma dor mínima. Estava me sentindo bem, então decidi dar uma forçada, descendo o caminho da frente até a rua. Quando cheguei à calçada, observei a vizinhança. O prédio de Angel ficava na metade do quarteirão e a calçada se estendia aproximadamente por umas quatro casas de cada lado, antes da esquina.

Eu me senti contente com minha proeza. Já tinha alcançado minha primeira meta. Também gostava de estar novamente ao ar livre. As árvores tinham perdido quase todas as folhas e o ar estava fresco, prognosticando a mudança de clima.

Na semana seguinte caminharia até o fim da rua, e até o dia 14 tentaria dar a volta na quadra, a menos que nevasse, pois seria perigoso. Não podia me dar ao luxo de cair.

✦

Eu me virei num processo de passos graduais e por cerca de cinco minutos fiquei ali em pé, olhando a casa onde agora morava. Estava bem distante da casa monstruosa, de dois milhões de dólares, da qual havia sido despejado, mas era grato pela generosidade de Angel. Fiquei imaginando por quanto tempo poderia permanecer ali. Respirei fundo e lentamente caminhei de volta.

Subir novamente os degraus foi muito mais difícil que descer, e quando cheguei ao piso parei e deixei que a dor me varresse.

Enquanto estava ali em pé, a inquilina de outro apartamento, uma jovem de cabelos castanhos e compridos, com uma mochila no ombro, passou por mim, sem dizer uma palavra, mas sorriu. Entrei na casa, depois no apartamento, e fui de volta pra minha cama para descansar.

Angel chegou em casa pouco antes das cinco. Havia algo diferente nela. Ela parecia aflita.

— Como foi o seu dia? — perguntei.

Ela sacudiu a cabeça.

— Uma família de quatro pessoas foi atingida por um motorista bêbado. Todos morreram menos o pai, que está na UTI lutando pela vida; e o motorista, bêbado, claro, saiu ileso. Na verdade, fugiu ileso. Ele abandonou o local, a pé. — ela me olhou com seus olhos cinzentos. — Por que será que os culpados sobrevivem e os inocentes morrem?

Às vezes parecia mesmo ser assim.

— Não sei.

— Se existe um Deus — continuou ela — Ele tem um senso de ironia infame.

Já havia pensado quase a mesma coisa ao me olhar no espelho, no dia do enterro da minha esposa, mas fiquei surpreso ao ouvir isso dela. Acho que não esperava que alguém chamada Angel desdenhasse Deus.

— Vou fazer pão de carne para o jantar — disse ela, virando-se para mim. — Só preciso colocar no forno.

— Vamos ver um filme essa noite?

— Não sei — disse ela.

Estava claro que Angel não queria conversar, então, enquanto ela fazia o jantar, fui ler no meu quarto. Meia hora depois ela me chamou e sentamos juntos à mesa. Comemos sem conversar. Subitamente, perguntou:

— Quanto tempo você acha que vai ficar aqui?

Ergui os olhos da comida.

— Você já está cansada de mim?

— Eu só quero me preparar.

— Presumindo minha condição de pedestre, não posso deixar Spokane até que as estradas até Montana e Wyoming estejam livres. Isso pode ser até o final de abril. Mas posso ficar em outro lugar.

— Não, gostaria que você ficasse. — ela voltou a comer. De repente, perguntou: — Você acredita na vida depois da morte?

Achei a pergunta uma mudança estranha de assunto, mas respondi:

— Sim.

— Por quê? — perguntou. — Não há provas que exista.

— Você não acredita?

— Acho que a morte é simplesmente a morte. O grande fim. Não há vida depois, nem lembrança. Nada.

— Esse é um pensamento depressivo — retruquei.

— Para alguns, seria o céu.

— Céu? Para nunca mais vermos os nossos entes queridos?

— Parece trágico, mas não é. Nós nunca conheceríamos aquilo que se foi. A pessoa que nasce cega não sente falta da visão.

Simplesmente olhei pra ela, imaginando por que estávamos tendo essa conversa.

Como não respondi, ela continuou:

— Espero pelo menos isso. Um doce esquecimento.

Dei uma garfada, mastiguei e engoli.

— Conheci uma mulher em Davenport que afirma ter tido uma experiência de quase morte.

— Essa gente é maluca.

— Não foi o que me pareceu.

— Então você acredita na versão da Bíblia, de uma vida após a morte, com portões perolados e um inferno com profundezas em brasa?

— Portões perolados e lagos em brasa, não. Mas acredito que o espírito e o intelecto prosseguem, assim como os relacionamentos. — fiquei um pouquinho surpreso pela força da minha convicção.

Ela pareceu incomodada por eu não ecoar sua crença e sua voz assumiu um tom antagônico.

— Que provas você ou qualquer pessoa pode ter de que algo exista depois desta vida?

Pousei meu garfo.

— Não vou discutir com você. Na verdade, pela maior parte da minha vida, não tinha certeza do que acreditava, até... — parei, incerto do quanto eu queria compartilhar.

Ela ficou me olhando intensamente.

— Até o quê?

— No dia seguinte ao enterro de McKale eu estava pensando em tirar minha vida. Bem na hora em que ia engolir um punhado de comprimidos ouvi uma voz.

— Que tipo de voz?

— Não sei como explicar. Na verdade, achei que alguém estivesse falando comigo e olhei ao redor da sala. A voz parecia vir tanto de fora quanto de dentro de mim. Tudo que sei é que não parecia meu próprio pensamento. Então, depois do assalto, pouco antes que os paramédicos me reanimassem, tive outra experiência. Foi algo como um sonho, só que não acho que tenha sido. Foi muito mais lúcido. Acho que vi McKale.

— Sua esposa?

— Falei com ela. — assenti. — E ela me disse coisas.

— Que tipo de coisas?

— Ela me disse que havia um motivo para estarmos aqui na Terra e que há pessoas que estou destinado a conhecer.

Angel me olhava cética.

— Quem você deveria conhecer?

— Pessoas cujas vidas deveriam cruzar com a minha. — eu a olhei nos olhos. — Ela me disse que eu conheceria você.

— Eu?

— Ela me disse que eu conheceria um "anjo". Quando acordei no hospital você estava sentada lá.

Angel voltou a comer, como se precisasse de tempo para assimilar o que lhe dissera. Finalmente falou:

— Não sei o que dizer quanto a isso.

— Nem eu.

Nós terminamos de comer em silêncio. Levantei-me para lavar a louça, mas ela novamente me impediu.

— Por favor — disse. — Deixe-me fazer isso.

Fui para o meu quarto ler. Quando voltei para dar boa noite as luzes da cozinha e do corredor estavam apagadas. Ela já tinha ido pra cama.

CAPÍTULO
Dez

*A experiência me ensinou que quanto mais forte
é a negação, menor é o motivo para acreditar.*

.✦. Diário de Alan Christoffersen .✦.

Enquanto fiquei deitado na cama, pensei em nossa conversa. O que me pareceu estranho não foi tanto a opinião dela, mas sua raiva e reprovação em relação à minha. Descobri que as pessoas mais ruidosas quanto à sua opinião são as mais inseguras sobre sua posição. Nunca tinha visto o lado obscuro de sua personalidade até aquela noite.

Novamente Angel já tinha saído quando acordei. No café da manhã, tomei mingau de aveia com açúcar mascavo e nozes, depois, focando em minha convalescença, caminhei para fora de casa com um novo nível de confiança, sabendo que já conquistara os degraus.

Caminhei até a calçada, depois até o fim do perímetro do terreno. Achei que poderia ter caminhado mais, porém, por estar sozinho, decidi me manter ao lado da precaução e não exagerar. Ainda assim, estava satisfeito. Decididamente progredi. Se não fosse pelo clima, achava que poderia seguir caminho ainda em janeiro.

Voltei vagarosamente pra casa e subi os degraus, dessa vez sem sentir que ia desmaiar.

Acabara de me vestir e estava pensando no que ia fazer durante o dia quando a campainha tocou. Saí do quarto para atender.

Havia uma mulher na porta. Estava bem-vestida e tinha cabelos ruivos escuros até os ombros. Parecia um pouquinho mais velha que eu, mas não muito, e tinha um pedaço de papel na mão.

— Pois não? — eu disse.

Ela pareceu surpresa. Deu uma olhada rápida em seu papel, depois olhou pra mim. — Desculpe, a Nicole Mitchell mora aqui?

— Nicole? — sacudi a cabeça. — Aqui não tem ninguém com esse nome.

Ela deu uma olhada no corredor, para as outras portas. — Desculpe, devo estar no apartamento errado. Saberia me dizer se ela mora neste prédio?

Sacudi os ombros.

— Lamento, sou novo aqui. Não conheço os outros moradores.

Por um momento ela só ficou ali parada, parecendo confusa quanto ao que fazer.

— Você poderia bater nas outras portas — sugeri.

— Obrigada. Farei isso. Desculpe incomodá-lo.

— Sem problemas. — Fechei a porta.

Angel chegou em casa pouco depois das cinco.

— Como foi o trabalho? — perguntei, torcendo para que ela tivesse tido um dia melhor que o anterior.

— Tudo bem — disse ela, baixinho, depois perguntou: — Como foi o seu dia?

— Bom — respondi.

Ela assentiu.

— Comprei um frango assado no caminho de casa. Você gosta de farofa? Tenho farofa Stove Top.

— Adoro farofa — respondi, feliz por ela estar com um astral melhor do que da última vez em que a vira.

Enquanto ela fazia a farofa, pus a mesa e enchi nossos copos de água. Alguns minutos depois sentamos para comer.

— Desculpe por estar tão mal-humorada ontem à noite — disse ela. — Às vezes fico daquele jeito quando a glicemia está baixa.

— Sem problemas — falei.

— Só não queria que você achasse que estou tentando empurrá-lo pra fora. Estou realmente contente por você estar aqui.

— Não levei por esse lado — eu disse. — E também estou contente por estar aqui.

Ela pareceu aliviada.

— Então, o que fez hoje?

— Atualizei meu diário — respondi. — E assisti *Judge Judy*. Aquela mulher é barra pesada.

Angel sorriu.

— Talvez por isso que ela seja tão popular. Você caminhou?

— Cheguei à margem do quintal e voltei.

— Parabéns. Você está realmente evoluindo.

— Foi um longo caminho, desde aquela primeira caminhada até o banheiro. — puxei um pedaço do peito do frango com meu garfo. — Queria lhe perguntar: quando começa a nevar em Spokane?

— Não passo o inverno aqui desde criança, mas acho que geralmente neva no meio de novembro.

— Minha meta é dar a volta no quarteirão antes que comece a nevar.

Angel estava cortando carne do peito do frango e disse, sem erguer os olhos:

— Você vai conseguir. Está indo muito bem.

Dei outra garfada.

— Você tem uma vizinha chamada Nicole?

Angel olhou pra cima bruscamente.

— Por quê?

— Uma mulher veio esta tarde, procurando alguém chamada Nicole.

— Que mulher?

— Apenas uma mulher.

— Como ela era?

— Provavelmente um pouquinho mais velha que a gente. Tinha cabelo ruivo, comprido.

— O que disse a ela?

— Eu disse que nenhuma Nicole morava aqui.

Angel me olhou por um momento, depois voltou à sua refeição, quase tão bruscamente quanto tinha parado de comer.

— Não, aqui não tem ninguém com esse nome. Gostaria de mais farofa?

Olhei para ela, intrigado, depois entreguei meu prato.

— Claro.

Após o jantar, convenci Angel a me deixar ajudar com a louça, depois ela fez pipoca e nós fomos assistir ao nosso filme. *Luzes da Cidade* ainda não tinha chegado, então pulamos para o número setenta e cinco, *Dança com Lobos*, dirigido e estrelado por Kevin Costner.

Eu já tinha visto o filme duas vezes, eu acho, mas fazia mais de uma década.

McKale e eu tínhamos dezessete anos quando foi lançado. Tínhamos começado a namorar firme e assistimos juntos. Eu me lembro que ela chorou no fim, o que não foi nada surpreendente, já que ela chorava até em comerciais de cartões da Hallmark.

Mais adiante, naquele ano, o longa ganhou sete Oscars, incluindo o de melhor filme. Boa parte foi rodada em Dakota do Sul e Wyoming, dois dos estados por onde eu passaria quando voltasse a caminhar.

Dança com Lobos é um dos filmes mais compridos da lista dos cem mais, com quase quatro horas de duração, e Angel adormeceu antes do fim. Quando os créditos surgiram na tela, eu me inclinei à frente e lhe dei uma sacudida suave.

— Ei, acabou.

Suas pálpebras tremularam, depois ela me olhou, incerta de quem eu era. Então piscou algumas vezes e arregalou os olhos.

— Ah. O filme terminou?

— Sim.

Ela esfregou os olhos.

— Como acabou?

— Os índios perderam.

— Foi o que achei — ela disse, levantando.

Respirei fundo, depois, sem ajuda, levantei-me do sofá. Ainda precisei de um momento para recuperar o fôlego.

— Poderia tê-lo ajudado — disse Angel, sonolenta, meio desequilibrada nas próprias pernas.

— Eu sei. — fui andando em direção ao meu quarto. — Boa noite! — falei.

— Boa noite, Kevin.

Olhei pra ela.

— Kevin?

— Alan — disse ela, rapidamente.

Sorri.

— Desculpe, eu não sou o Costner.

— Costner? — perguntou ela, depois assentiu. — Ah, sim, boa noite!

Acordei no meio da noite. Meu quarto estava escuro e me virei para o lado pra olhar o rádio-relógio, na mesa de cabeceira, ao lado da minha cama. 03h07. Dei um gemido, depois deitei de costas, imaginando por que teria acordado tão cedo. Então ouvi um gemido suave, abafado. Meu primeiro pensamento foi de um gato de rua, do lado de fora da minha janela, até perceber que vinha de dentro do apartamento.

Durante vários minutos fiquei deitado, parado, ouvindo. O barulho parecia choro. Eu me ergui e saí da cama, abrindo a minha porta silenciosamente. O som vinha do quarto de Angel. Caminhei até sua porta e colei o ouvido nela.

Angel estava aos prantos, embora o barulho fosse abafado, como se ela estivesse chorando com um travesseiro no rosto. O som de sua dor era de partir o coração. Fiquei ali por um momento, querendo consolá-la, mas incerto quanto ao que fazer. Talvez ela não quisesse a minha ajuda.

Depois de vários minutos, seu choro diminuiu, passando a uma lamúria, depois parou de vez. Voltei para minha cama com a cabeça cheia de perguntas. Quanto mais ficava com ela, mais percebia como sabia pouco ao seu respeito. A verdade é que não conhecia nada dela.

CAPÍTULO
Onze

*Todos somos luas. Às vezes nosso
lado sombrio obscurece nossa luz.*

Diário de Alan Christoffersen

A semana seguinte passou calmamente, enquanto me acomodava à minha nova rotina. Percebi algo peculiar quanto ao meu estado emocional. De alguma forma, a mudança de cenário me fez parar de pensar em McKale, como se pudesse me enganar, dizendo a mim mesmo que estava apenas numa viagem de negócios e ela estava em casa, esperando por mim. Ou talvez fosse por não haver nada familiar à minha volta que me fizesse lembrar dela. De qualquer forma, dei as boas-vindas à pausa emocional.

Caminhava um pouquinho mais a cada dia. E todos os dias, depois da minha caminhada, estudava detalhadamente o meu atlas rodoviário, assinalando com uma caneta marca texto amarela, comparando estradas e rotas, para determinar melhor o meu próximo trajeto.

Decidi que quando o meu corpo e o clima permitissem, caminharia a leste, pela Interestadual 90, atravessando Coeur d'Alene, Idaho, depois seguiria ao sul, rumo ao Parque Nacional de Yellowstone, saindo pelo portão leste, a caminho de Rapid City, Dakota do Sul. Minha rota provavelmente não era nem a mais curta nem a mais fácil. Tinha estado em Yellowstone quando criança e só queria ver o parque novamente.

Não planejei minha rota passando por Dakota do Sul pelo mesmo motivo que não havia planejado a primeira etapa da minha viagem, passando por Spokane: algo que meu pai havia me ensinado. Sempre que ficava frustrado com uma tarefa difícil, ele me dizia:

— Como se come um elefante? — eu o olhava como se ele tivesse perdido o juízo, então ele respondia: — Uma mordida de cada vez.

Rapid City, a pouco mais de 1.100 quilômetros de Spokane, era minha próxima mordida.

Convenci Angel a me deixar assumir a culinária. Comparado a ela, eu não era grande coisa como chef, mas sabia me virar numa cozinha. Em minha vida anterior cozinhava melhor que McKale, que alegava que só sabia fazer uma coisa na cozinha: reserva.

86   *Richard Paul Evans*

Nosso carrossel de filmes prosseguiu e nosso entretenimento não podia ser mais eclético. A lista nos levou de clássicos de bangue-bangue até ficção científica. Numa semana assistimos *Em Busca do Ouro, O Morro dos Ventos Uivantes (Wuthering Heights), Ben-Hur, Forrest Gump — O Contador de Histórias* e *Operação França*.

Comecei a ter reservas quanto à classificação do Instituto Americano de Cinema. *Forrest Gump* foi puxado pra mim, mas, com todo respeito a Dustin Hoffman, *Tootsie?*

✦

Não disse nada a Angel sobre a noite em que a ouvi chorando. Imaginei que se quisesse falar sobre o que a afligia, e quando quisesse fazê-lo, ela o faria. Mas isso me levou a pensar sobre ela e seu passado, sobre o qual eu nada sabia, e ela continuava arredia em compartilhar.

Fora de seus surtos temperamentais, era sempre bondosa comigo, me incentivando quanto ao meu progresso. Porém, por baixo do verniz de hospitalidade, havia um abismo de profunda tristeza e solidão, sentimentos que eu compreendia bem demais.

O que me preocupava era sentir que o vácuo estava crescendo, como se a cada dia ela desse um passo recuando de mim e do resto do mundo. Não fazia ideia de como atravessar esse vácuo, e nem se deveria tentar, mas não conseguia evitar me preocupar com ela.

Dez dias depois de ser liberado do hospital, Angel me levou de carro à clínica de pacientes externos do Sacred Heart para que eles tirassem meus pontos. Enquanto estávamos lá, passamos pela UTI para ver Norma. Pena que era seu dia de folga.

Minha tonicidade muscular estava lentamente voltando conforme meus ferimentos iam sarando e, na segunda semana na casa de Angel, consegui sair do sofá e subir a escada sem sequer considerar algo a ser registrado no diário. Não estava prestes a competir no Ironman, mas, por hora, era suficiente.

✦

Em 11 de novembro alcancei meu primeiro grande objetivo. Caminhei até a esquina da nossa quadra, depois virei e caminhei até o fim da rua. Embora

Angel e eu tivéssemos passado de carro por essa esquina, a caminho da casa dela, havia algo diferente em encontrar o lugar com minhas próprias pernas.

Uma escola montessoriana ocupava metade do quarteirão e havia algumas dúzias de garotos jogando futebol no campo dos fundos da escola.

Parei para observá-los, pendurando os dedos na cerca trançada. Os meninos usavam camisas compridas de jérsei azul-marinho e imensos capacetes brancos que os deixavam parecidos com bonecos de caricatura.

Sentia-me incrivelmente liberto por estar ao ar livre e tão longe de casa, e caminhei de volta calmamente. Dar a volta no quarteirão estava bem longe dos trinta ou quarenta quilômetros que eu tinha caminhado, antes do ataque, mas não importava. A neve já chegara em Wyoming e Montana, e a entrada leste de Yellowstone já estava fechada para o tráfego. Não iria a lugar algum tão cedo.

CAPÍTULO
Doze

O senhorio de Angel veio até a porta e perguntou por Nicole.
O que será que estou deixando de ver?

✦ Diário de Alan Christoffersen ✦

A primeira nevada em Spokane caiu no dia 14 e foi maior do que eu esperava — quase treze centímetros —, e as calçadas ficaram completamente enterradas. A boa notícia era que o meteorologista disse que passaria até o fim de semana. Em vez de caminhar lá fora, fiz alguns exercícios leves, depois encontrei um canal de aeróbicos na televisão e acompanhei forçando o menos possível.

Enquanto estava me exercitando ouvi alguém de um lado para o outro, na calçada, com um aparelho removedor de neve. Abri a cortina e olhei lá fora. Um idoso estava limpando o caminho de entrada. Ele estava com um casaco marrom de capuz, um cachecol de tricô e um chapéu de caça com protetores de orelhas que tinha puxado e amarrado embaixo do queixo.

Julguei-o ligeiramente velho para remover neve e, se eu pudesse, teria ido lá fora ajudá-lo.

Aproximadamente meia hora depois, conforme terminava meu segundo exercício, surgiu uma batida na porta do apartamento. Abri e encontrei o cavalheiro idoso ali em pé, com o chapéu e os ombros pontilhados de neve.

— Olá, a Nicole está?

Olhei pra ele, intrigado.

— Não, Angel Arnell mora aqui.

Ele franziu as sobrancelhas, depois disse

— Ah, então a Angel está aí?

— Não, ela está no trabalho.

— Eu sou Bill Dodd, dono do lugar. Só preciso dar uma olhada rápida no apartamento.

Fiquei um pouquinho apreensivo em deixar uma pessoa completamente estranha entrar no apartamento de Angel, principalmente depois de tê-la chamado pelo nome errado, mas ele parecia inofensivo e tinha acabado de remover a neve do caminho. Além disso, cheirava a colônia Old Spice. Quão ruim alguém pode ser quando usa Old Spice?

— Entre — eu disse, me afastando da porta. — Tenho certeza de que ela não se importará.

Ele bateu os pés na porta depois entrou. Levou menos de dez minutos para dar uma olhada no local. Quando estava saindo, perguntou:

— Qual é o seu nome?

— Alan.

Ele tirou uma das luvas e estendeu a mão.

— Prazer em conhecê-lo, Alan.

Apertei sua mão.

— O prazer é meu.

— Importa-se em dizer à Angel que passei por aqui? E diga-lhe que agradeço pelo cartão desejando minhas melhoras, me fez rir.

— Com prazer.

Ele saiu pela porta.

— Ela é uma ótima garota, a Angel. É uma pena que vá embora. Tenho algumas pessoas interessadas no local, mas se ela mudar de ideia ficarei mais do que feliz em mantê-la. Gostaria de ter outros inquilinos como ela.

Fiquei olhando intrigado.

— Quando termina o contrato dela?

— Primeiro de fevereiro. Ela tem mais alguns meses. — ele recolocou a luva. — Até logo.

— Tchau. — fechei a porta. — Que estranho — eu disse, em voz alta. Angel não dissera nada sobre se mudar.

Naquela noite, enquanto estávamos jantando, contei a Angel sobre a visita.

— Seu senhorio passou aqui hoje. Ele desobstruiu o caminho.

— Bill?

— Acho que era esse o nome.

— Adoro o Bill. Não sei por que ele insiste em fazer esse trabalho. Ele tem dinheiro de sobra e, além disso, tem 82 anos. — disse ela, séria. — Acho que ele está tentando ter um ataque do coração.

Ergui os olhos do espaguete.

— Você parece séria.

— Estou brincando, mas não muito. Ele perdeu a esposa há dois anos e tem andando muito deprimido, desde então. Acho que ele não quer mais viver.

— Posso entender isso — falei.

Ou ela não ouviu meu comentário ou o ignorou.

— Ele coleciona trenzinhos elétricos. Já estive na casa dele. Seu porão inteiro é uma ferrovia. Na verdade, é bem impressionante. Você tem que ver, uma hora dessas. — ela se inclinou à frente. — Então, o que ele disse?

— Agradeceu pelo cartão desejando melhoras. E também disse que se você mudar de ideia quanto a se mudar ele ficará feliz de manter o apartamento com você.

— Ah.

Esperava que ela dissesse mais alguma coisa sobre a parte da mudança, mas não disse. Dei outra garfada no espaguete, depois perguntei:

— Você vai se mudar?

Ela hesitou.

— Logo que me mudei pra cá não tinha certeza de quanto tempo ficaria. Então assinei um contrato só de seis meses. Vou dar uma ligada pra ele, amanhã, no meu intervalo de almoço. — respondeu e voltou a comer.

— É uma coincidência meio estranha — eu disse — Mas quando eu abri a porta ele não perguntou por você. Ele perguntou por Nicole.

Angel não ergueu os olhos.

— Só achei meio estranho — acrescentei — Depois que aquela mulher passou aqui, outro dia, procurando por...

Ela me cortou.

— Não conheço nenhuma Nicole. — e deu outra garfada no espaguete.

Olhei pra ela por um instante, depois voltei à minha refeição.

Quando o silêncio se tornou desconfortável, ela perguntou.

— Você caminhou hoje?

— Não. Fiz aeróbica da televisão.

— Com o programa *Sweatin' to the oldies?*

— Algo parecido — respondi.

— Então, em que filme estamos para esta noite? — perguntou ela.

Eu tinha me tornado especialista na lista.

— Sessenta e nove. *Os Brutos Também Amam*.

— É aquele sobre um detetive do Harlem?

Olhei pra ela por um instante, depois sorri torto.

— Esse é o *Shaft*. *Shane* é um faroeste com Jack Palance.

— Passei perto — disse ela.

Nós dois caímos na gargalhada. Nada mais foi dito, naquela noite, sobre Bill ou Nicole.

CAPÍTULO
Treze

As pessoas não são feitas para viverem sozinhas.
Até em meio à população estressada das prisões o confinamento
na solitária ainda é considerado uma punição cruel.

Diário de Alan Christoffersen

Na manhã seguinte, estava tomando o café da manhã quando subitamente percebi o que havia de errado no apartamento de Angel. Não havia fotografias. Nenhuma. Não tinha fotos de mãe, de pai, um amigo ou irmão. Não havia imagem de outro ser humano, no apartamento inteiro.

Na verdade, não havia provas de que essa mulher tinha qualquer ligação com a humanidade. Isso também valia para o seu diálogo. Em todas as nossas conversas, nunca mencionou família ou amigos, nem com raiva.

Não, havia uma foto. Não sei como me lembrei disso, mas quando parei para ajudá-la, em Davenport, lembrei-me de ter visto a foto de um menino pendurada no espelho retrovisor, junto com um crucifixo.

Que tipo de pessoa passa a vida como Eleanor Rigby*, depois convida um estranho absoluto para viver em sua casa por um período indefinido? Ou teria sido precisamente por isso que ela tinha me convidado, para ter alguém com quem estar? Talvez. As pessoas precisam de gente. Portanto, onde estavam elas, no mundo de Angel?

Minhas perguntas sobre Angel estavam se acumulando. Seu choro à noite, nossa conversa sobre morte e sua esperança de esquecimento, a coincidência de duas pessoas perguntando por Nicole — e a reação peculiar dela quando lhe contei. Quem era Angel e por que eu estava ali?

Minha intuição me dizia que o que estava incomodando Angel tinha algo a ver com essa tal Nicole, mas não fazia ideia de quem seria ela. Eu nem sabia seu sobrenome. Infelizmente, não estava prestando atenção quando a mulher que veio perguntando sobre Nicole mencionara informações sobre ela. Por que deveria? Na ocasião, o encontro não representava para mim mais que um número errado.

Ocorreu-me que outros no prédio talvez soubessem a respeito dela, então decidi falar com eles. Tive minha primeira chance naquela tarde.

✦

---

* Alusão à personagem da canção homônima dos Beatles que tematiza a solidão. (N. do E.)

98   *Richard Paul Evans*

Aumentara minhas caminhadas para duas vezes ao dia. Pouco depois de duas da tarde estava me alongando no *hall* quando me deparei com uma das vizinhas de Angel, a jovem que estava saindo do prédio na minha primeira caminhada. Ela entrou lentamente no edifício, de cabeça baixa, tomando um susto de leve quando me viu. Ela riu de si mesma.

— Você me assustou.

— Desculpe — respondi.

— Não, é que eu raramente vejo alguém aqui.

— Sei o que você quer dizer. É realmente bem quieto. Todos os apartamentos estão alugados?

— Não daria pra saber, mas estão. Bill não aluga a ninguém mais ruidoso que ele. Então, somos todos como ratos de igreja.

— Bill, o senhorio?

— Sim.

Eu estendi a mão.

— Sou Alan Christoffersen.

Ela apertou minha mão.

— Sou Christine Wilcox. Prazer em conhecê-lo. Você está no apartamento três?

Eu assenti.

— Acabei de vir morar com a Angel, algumas semanas atrás. Você mora aqui há muito tempo?

— Pra mim, sim. Estou aqui há dois anos. Estou no último ano, na Gonzaga.

— Imaginei que você fosse aluna, pela mochila — eu disse.

— Uniforme padrão — disse ela.

— Dois anos — eu repeti. — Então você provavelmente conhece todos os inquilinos daqui?

— Sim. Mas não muito bem. Cada um é bem na sua.

— Talvez você possa me ajudar. Algum dia teve uma inquilina chamada Nicole?

Ela franziu as sobrancelhas.

— Nicole? Desde que estou aqui, não. Por quê?

— Outro dia apareceu uma mulher procurando por Nicole.

— Ah, sim, ela deixou um bilhete na minha porta. Não. Desde que estou aqui, não. Mas você poderia perguntar ao Bill.

— Obrigado. Talvez eu faça isso. Prazer em conhecê-la, Christine.

— O prazer foi meu. E boa corrida. — ela enfiou a mão no bolso, à procura da chave. — Ah, e mande um alô pra Angel por mim. Estamos sempre combinando de nos reunir, mas toda vez que vou lá ela não atende. Estou começando a achar que ela está me evitando. — Christine destrancou a porta e abriu. — Tenha um bom dia.

— Você também.

Ela sumiu dentro do apartamento. Saí pela porta da frente para começar minha caminhada.

Naquela noite fiz sopa de mariscos para o jantar. Enquanto estávamos comendo, Angel disse:

— Posso lhe fazer uma pergunta sobre sua esposa?

— Claro.

— Como era ela?

Eu sorri, triste.

— Era perfeita. Quero dizer, pra mim, era. Devo dizer que ela era perfeitamente falha. Nós combinávamos muito bem. Ambos tínhamos perdido nossas mães, ainda cedo, nenhum de nós tinha irmãos e morávamos ao lado um do outro. Nossas beiradas lascadas simplesmente encaixaram.

— Assim que deve ser. Acho que isso é raro.

— Talvez.

— Por que você está caminhando até Key West?

— Você quer saber por que estou caminhando até Key West ou por que estou caminhando?

— Ambos.

— Escolhi Key West porque era longe. Estou caminhando porque depois que perdi McKale também perdi minha casa, meus carros e o meu negócio. Caminhar simplesmente pareceu a coisa prudente a fazer.

— Às vezes nós precisamos fugir — concordou ela, como se compreendesse. — Como foi que perdeu seu negócio?

— Fui traído pelo meu sócio. Enquanto eu estava cuidando de McKale ele roubou meus clientes e começou sua própria firma.

— Isso é horrível.

— Também achei.

— Qual é o nome dele?

— Kyle Craig — respondi, lentamente. — Nunca confie em alguém com dois primeiros nomes.

— Você o odeia?

A pergunta me fez refletir.

— Imagino que sim, se parar pra pensar. Mas, honestamente, não penso muito nele e não acho que seja grande coisa. Ficar pensando nele o tornaria parte maior da minha vida do que eu quero que ele seja.

— Isso é sábio — disse ela, dando outra colherada na sopa, depois perguntou: — Você odeia o garoto que o esfaqueou?

— Ele está morto. Não há ninguém pra odiar.

— Muita gente odeia gente morta.

— Isso é verdade — concordei. Recostei e olhei nos olhos dela. — Há alguém que você odeie?

— Poderia citar algumas pessoas.

— Alguém, em particular?

Ela não respondeu imediatamente, e quando o fez havia um tom estranho em sua voz.

— Provavelmente eu.

CAPÍTULO
Quatorze

*Por mais dificuldade que eu tenha de
caminhar agora, pareço não ter dificuldade
em caminhar rumo aos problemas.*

Diário de Alan Christoffersen

A segunda grande nevada de Spokane chegou em 17 de dezembro. A essa altura já estava caminhando bem o suficiente para andar de um lado para o outro das calçadas, embora elas estivessem apenas parcialmente livres e pequenos flocos ainda caíssem do céu, como fibras de algodão desprendendo das árvores. Dei duas voltas no quarteirão, quase sem dor, exceto quando quase escorreguei e me reequilibrei.

Ao voltar para o apartamento, vi Bill, o senhorio, empurrando seu carrinho removedor de neve na calçada. Parei perto dele, dando um breve aceno.

— Oi, Bill.

Ele pôs a mão em concha, ao redor da orelha.

— Oi! — gritei.

Quando chegou até mim, ele se curvou e desligou a máquina. Estava bufando de cansaço e seus óculos estavam embaçados de geada. Ele os limpou com as costas da luva.

— O que posso fazer por você?

— Sou Alan Christoffersen. Nós nos conhecemos alguns dias atrás.

Ele ficou me olhando intensamente, como se tentasse se lembrar.

— Sou amigo da Angel. Ela chegou a lhe dar retorno, sobre o contrato de aluguel?

Deu pra ver que ele não tinha certeza de quem eu era.

— Não. Ainda não.

— Ela disse que pretende fazê-lo.

— Bem, diga-lhe que não espere muito. Já tenho gente interessada.

— Farei isso. — respondi.

Ele foi se curvando para religar a máquina, quando pedi:

— Posso lhe perguntar uma coisa?

— Acabou de perguntar.

Ignorei o comentário.

— Alguns dias atrás, quando veio até o apartamento, o senhor perguntou por Nicole. Quem é Nicole?

Uma expressão séria surgiu no rosto dele.

— Acho que se Angel quisesse que você soubesse, ela mesma lhe diria.

— Estou tentando ajudar Angel. Talvez eu seja seu amigo mais próximo.

Ele franziu o rosto.

— Se fosse seu amigo próximo, já saberia. — esticou a mão e puxou a corda para ligar a máquina, que rugiu ao ganhar vida. Saí do caminho, conforme o idoso passou como um raio, soprando uma cascata de neve.

Naquela noite, Angel chegou do trabalho um pouquinho mais tarde do que o habitual e já estava totalmente escuro. Ela obviamente tivera outro dia ruim, já que mal falou comigo. *Temperamental novamente*, pensei. Ao sentarmos para jantar, perguntei:

— Você está bem?

Ela assentiu, mas não falou.

— Estamos no filme sessenta e oito, *Sinfonia de Paris*.

Ela não respondeu. Os únicos sons de nossa refeição eram os talheres tilintando. Mais uma vez o silêncio se tornou doloroso.

O fato de ela estar evitando contato visual me fazia pensar se o problema tinha a ver comigo.

Finalmente rompi o silêncio.

— Só falta uma semana para o Dia de Ação de Graças. Você tem planos?

— Não.

— Quer sair?

— Eu não comemoro Ação de Graças — disse ela.

Silêncio de novo. Na metade da refeição, insisti:

— Certo, fiz alguma coisa que a ofendesse?

Ela lentamente ergueu os olhos, como se estivesse decidindo se respondia ou não. Finalmente disse:

— Falei com meu senhorio, essa tarde. Ele disse que você falou com ele.

— Ele estava limpando a calçada.

— Eu agradeceria se você ficasse fora dos meus assuntos pessoais. — ela se levantou e foi para o quarto. Fiquei ali sentado, letárgico. Depois de alguns minutos coloquei nossos pratos na pia e fui para o meu quarto. Fomos dormir sem falar mais nada.

Naquela noite novamente acordei com ela chorando.

CAPÍTULO Quinze

Agora o vidro desembaçou.
Como pude ser tão obtuso?

Diário de Alan Christoffersen

Na manhã seguinte, pela primeira vez desde que chegara, pensei em ir embora. Eu não poderia continuar minha caminhada, não estava pronto, assim como o clima, mas podia encontrar outro lugar em Spokane para ficar.

Dei uma olhada na lista telefônica e encontrei um hotel de estadia prolongada a apenas três quilômetros da casa. Angel não tinha outro telefone sem ser o celular, então não pude ligar para ver se tinha vaga, porém, sendo só três quilômetros, conseguiria caminhar.

Conforme comecei mentalmente a planejar a minha partida, eu me detive. Depois de tudo que Angel tinha feito por mim, será que realmente poderia abandoná-la? Sabia que não. Estava preocupado com ela.

Também ainda acreditava na visão, dizendo que eu estava destinado a conhecer Angel. Egoisticamente, tinha imaginado que esse encontro com ela seria para meu benefício, assim como os outros "anjos" que eu tinha encontrado até agora em minha caminhada. Mas eu percebia que talvez tivesse sido mandado pra cá por causa dela.

Parecia-me que Angel estava em algum tipo de declive e eu não sabia onde essa queda daria, nem a sua altura. O que sabia era que, sendo a única pessoa em sua vida, provavelmente era sua única esperança. Decidi ficar, enquanto houvesse uma chance de ajudar.

Fazia dois dias que não nevava e as ruas e calçadas estavam razoavelmente limpas, então resolvi tentar minha primeira excursão de longa distância e caminhar com minha mochila vazia por três quilômetros e meio, até a periferia do subúrbio, depois voltar, numa jornada que totalizava sete quilômetros.

Minha caminhada começou bem, pelo menos durante os três primeiros quilômetros, mas depois minhas pernas e panturrilhas estavam queimando, não tanto pelo ferimento, mas por estar fora de forma. Mesmo vazia, a mochila parecia mais pesada do que eu me lembrava.

Estava me deslocando em ritmo de tartaruga quando cheguei de volta à rua Nora, grato por estar em casa. No caminho para entrar, parei para pegar a correspondência. Havia um cartão-postal da companhia de TV a cabo assinalado DEVOLVER AO REMETENTE.

Um lembrete amistoso da Larcom Cable

Prezado e valoroso cliente,

Sua conta de TV a cabo Larcon irá expirar em apenas 90 dias.

Nós valorizamos a sua conta, portanto, se a renovação da assinatura for feita agora, nós lhe concederemos um bônus de dois meses do melhor entretenimento de Spokane inteiramente GRÁTIS. Além disso, enviaremos um cupom da PIZZA HUT para uma pizza grande, com duas coberturas, GRÁTIS.

Essa é uma oferta por tempo limitado, portanto, peça agora para continuar usufruindo dessa sensação!

No rodapé do cartão as seguintes palavras estavam assinaladas: *Por favor, cancele minha conta, não irei precisar.*

Verifiquei a marca da postagem. O cartão tinha sido enviado apenas três dias antes.

Angel novamente voltou pra casa tarde. Eu esperava outra noite de silêncio desconfortável. Em vez disso, assim que entrou, ela chamou meu nome.

— Alan.

Eu caminhei da cozinha para o corredor.

— Oi.

Ela sorriu ternamente quando me viu.

— Quer sair esta noite?

Olhei-a, interrogativo.

— Fiz jantar.

— Podemos congelar? Eu gostaria de levá-lo para sair.

— Tudo bem — respondi, ligeiramente confuso.

— Que tal comida chinesa? O Asian Star tem pastéis fabulosos e o camarão com nozes é espetacular.

— Não precisa dizer mais nada — eu disse.

Colocamos o jantar na geladeira e seguimos imediatamente ao restaurante, que ficava perto da universidade e estava abarrotado de estudantes. Depois que a garçonete pegou nosso pedido Angel disse:

— Sinto falta de frequentar aulas. Adoro essa energia.

— Até que ano você foi?

— Tive que sair no segundo ano da faculdade, quando... — ela parou no meio da frase. Abaixou os olhos por um momento, depois ergueu o olhar até meus. Ela parecia maleável, arrependida. — Desculpe por ter sido tão irritadiça ultimamente. Você deve se sentir como se morasse com uma maluca.

— Não — respondi. — Mas tenho andado preocupado com você. Se eu puder fazer algo para ajudá-la, se você precisar conversar, sou um bom ouvinte.

— Obrigada — agradeceu, e nada mais.

Limpei a garganta.

— Então, andei pensando. Realmente gostaria de preparar um jantar de Ação de Graças.

— Realmente não comemoro Ação de Graças — disse ela.

— Eu sei. Mas talvez você possa abrir uma exceção para que eu possa agradecê-la, por tudo que fez por mim.

— Você não precisa fazer isso. Além disso, tenho que trabalhar na quinta-feira.

— Nós comemos quando você chegar.

Ela não respondeu, só ficou quieta, como se subitamente estivesse perdida em pensamentos. Então ela me deu uma olhada.

— Tudo bem — disse, cedendo. — Parece divertido.

— Então, a Ação de Graças será.

Após o jantar nós passamos na locadora para pegar o próximo vídeo em nossa lista. Eles não tinham o filme que deveríamos assistir, *O Terceiro Homem*, estrelando Joseph Cotten e Orson Welles, mas tinham o número cinquenta e seis: *M*A*S*H**.

Quando criança, raramente perdia o seriado de TV, originado pelo filme, mas nunca tinha visto o original, com Donald Sutherland e Elliott Gould.

Não surpreende que o filme fosse mais sombrio e provocador que a série televisiva, com uma abordagem antirreligiosa tão sutil quanto um *mankini*.

Lá pela metade do filme há uma cena em que Waldowski, dentista do acampamento, decide cometer o suicídio.

Como era de se esperar, Hawkeye e Trapper John fazem piada disso e oferecem a Waldowski a "pílula negra" que, na verdade, é inofensiva, mas Waldowski acredita que ela lhe trará a morte súbita. No auge da cena (uma imitação da cena da *A Última Ceia*, de Da Vinci), o grupo se reúne para a morte de Waldowski e um soldado canta a canção tema do filme: "Suicide is Painless" (O suicídio é indolor).

Minhas próprias análises recentes sobre a vida e a morte transforma-ram o segmento desconfortável. Olhei para Angel, para ver se ela achou engraçado. Para minha surpresa, ela estava chorando.

Subitamente entendi o que estava acontecendo. Como deixei de ver o óbvio?

CAPÍTULO
Dezesseis

*Se a estrada ao inferno é pavimentada
pelas boas intenções, eu acrescentei um bom
pedaço de asfalto. Suponho que tenha feito estrago
suficiente. Chegou minha hora de partir.*

Diário de Alan Christoffersen

Todos os sinais clássicos do suicídio estavam ali, reluzentes como o letreiro de um cassino de Las Vegas. O término de seu contrato de aluguel e TV a cabo, sua tristeza calada, sua esperança confessa do esquecimento. A renúncia aos seus pertences, como o colar de safira que ela tentou dar à Norma, no hospital. Suas intenções eram óbvias, eu só não sabia o motivo.

No fim do filme, conforme os créditos da produção subiam na tela, Angel acendeu o abajur e levantou.

— Pronto para ir pra cama? — falou.

— Eu gostaria de conversar — respondi.

A gravidade do meu tom não passou despercebida. Ela me olhou nervosamente.

— Está meio tarde.

— É importante.

Ela me fitou por um instante, depois sentou no sofá.

— Tudo bem — disse, retorcendo os dedos. — Sobre o que você gostaria de falar?

Aproximei-me e pousei minha mão sobre a dela.

— Não tenho certeza de como abordar isso, então vou simplesmente dizer o que está na minha cabeça. Primeiro, quero que saiba que me importo profundamente com você. Sou muito grato por tudo que fez para me ajudar.

— Também me importo com você — disse ela, com as sobrancelhas franzidas de ansiedade.

— Claramente. Você tem sido muito boa pra mim. Também sei que há algo muito errado.

— Sei que parece isso, mas está tudo bem — disse. — De verdade. Só tenho andado meio emotiva, ultimamente.

— Angel, é mais que isso. — Eu a olhei nos olhos, depois soltei o ar lentamente. — Preciso que você seja completamente honesta comigo. Quem é Nicole?

Ela me olhou incrédula.

— Eu lhe disse para ficar fora dos meus assuntos — disse ela, incisiva.

— Não posso ajudá-la se não for honesta comigo. Essa Nicole tem algo a ver com o motivo que a deixa tão triste?

— Você não tem a menor ideia do que está perguntando.

— Tem razão, não tenho. Mas quero saber. Quero ajudar. Acho que por isso fomos conduzidos um ao outro.

A expressão dela ficou voraz.

— Não fomos *conduzidos* um ao outro. Não há destino. Não há Deus. Há apenas caos e acaso. Você está aqui por coincidência.

— Estou aqui porque parei para ajudá-la e você sabia que podia confiar em mim.

Ela começou a chorar.

— Eu sei porque você voltou a Spokane — eu disse.

— Então me esclareça — ela respondeu, zangada. — Por que voltei?

— Você voltou pra cá para morrer.

Ela apenas me olhou por um momento, depois levantou.

— Pare com isso.

— Angel...

— Deixe-me em paz.

— Não — eu disse.

— Cometi um erro ao voltar a você — ela gritou.

— Você encontrou exatamente o que estava procurando.

— E o que é?

— Esperança — respondi.

Ela ficou quieta por um momento, depois disse:

— O que faço com a minha vida é problema meu e somente meu. — Saiu como um raio, parando na porta de seu quarto. — E não fale comigo sobre esperança. Não há esperança. A única esperança é o esquecimento. — Ela bateu a porta.

Dava pra ouvi-la chorando, do sofá. Caminhei até sua porta, depois pressionei minha cabeça contra ela.

— Eu realmente me importo, Angel.

— Ninguém se importa. Saia.

— Você está errada.

— Saia, por favor.

Fui para o meu quarto e deitei por cima das cobertas. Demorei mais de uma hora para adormecer.

Angel não falou comigo pelos três dias seguintes. Voltava tarde pra casa e ia direto para o seu quarto. Tentei fazer com que ela conversasse comigo, mas todas as minhas tentativas foram recebidas com hostilidade. Temia por ela todos os dias. Mais que tudo, temia o que ela poderia fazer para se ferir. Eu havia falhado em minha busca por tentar ajudá-la. Pior que falhar, eu sentia que a empurrara ainda mais para a beira do precipício.

Até a tarde de terça-feira eu não conseguia mais aguentar o silêncio e tensão, e agora tinha certeza de que não ia melhorar. Por volta das três da tarde eu me decidi. Pelo bem ou pelo mal, eu ia embora.

Mas não sem me despedir. Eu lhe devia isso. Arrumei minhas coisas e esperei que Angel chegasse em casa.

CAPÍTULO
Dezessete

*Meu pai costumava dizer que as pessoas
são como livros: desconhecidas, até se abrirem.
Até Angel, eu nunca me senti tão ignorante.*

Diário de Alan Christoffersen

Eu estava sentado no sofá quando o Malibu de Angel encostou junto ao meio-fio. Minha mochila estava cheia, encostada ao sofá. Levantei-me quando ela entrou no apartamento. Ela congelou quando me viu, depois desviou o olhar da mochila para mim.

— O que está havendo? — perguntou.

Ergui a mochila.

— Estou indo embora — falei. — Só estava esperando você chegar para que eu pudesse me despedir.

— Por quê?

Fui até ela.

— Obrigado por tudo que você fez por mim. Lamento que as coisas tenham se desenrolado dessa forma. Eu faria tudo para mudar isso, menos fingir que está tudo bem.

Ela só ficou me olhando, sem palavras.

— Espero que você saiba que não tive a intenção de magoá-la. Jamais faria isso. Você tem uma bela alma.

Ela engoliu.

— Para onde você vai?

— Não precisa se preocupar com isso. Você já fez o bastante. Deixei um dinheiro na cama. — inclinei-me à frente e beijei seu rosto. — Boa sorte, Angel. Espero que você encontre a paz. Não conheço ninguém que a mereça mais do que você.

Conforme caminhei até a porta os olhos dela se encheram de lágrimas.

— Quem vai cuidar de você?

— Eu posso me cuidar.

Segui pelo corredor e ela me acompanhou.

— Então, quem vai cuidar de mim?

Eu olhei pra ela.

— Ninguém, se você não deixar. Não vou ficar e assistir você se destruindo. Não posso. Gosto muito de você para fazer isso. — abaixei os olhos e ajustei a mochila, prendendo a tira da cintura. Quando olhei para cima ela estava cobrindo os olhos e chorando.

— Boa sorte — falei.

Saí pela porta da frente do prédio e desci a escada. A neve caía levemente, refletindo o sol poente no crepúsculo fresco. Na metade do corredor ouvi a porta abrindo, atrás de mim.

— Alan.

Não virei. Então uma voz trêmula gritou:

— Eu sou Nicole.

Parei e me virei. As lágrimas escorriam por seu rosto.

— Eu sou Nicole — disse ela, caindo de joelhos. — Por favor, não me deixe. Você é minha única esperança. — ela baixou a cabeça, segurando os cabelos. — Por favor, me ajude.

Tirei a mochila e caminhei o mais rápido que pude até ela. Ajoelhei e passei os braços ao seu redor, puxando-a para junto de mim. Ela pôs o rosto em meu peito e chorou.

CAPÍTULO
Dezoito

Se você pretende estourar a bolha de alguém, assegure-se de estar com as duas mãos em concha, embaixo dela.

Diário de Alan Christoffersen

Nós dois estávamos cobertos de neve, quando a levei pra dentro e a sentei no sofá. Ela chorou por quase quinze minutos, depois ficou totalmente em silêncio, às vezes choramingando ou estremecendo.

Quando conseguiu falar, disse, numa voz cansada:

— Você perguntou o que eu ia fazer depois que terminasse de assistir aos filmes. Eu ia assistir ao último filme, depois ia sair e comer o que quisesse. Uma banana split enorme, com caramelo, creme chantili e cereja. — ela me olhou nos olhos. — Depois voltaria pra casa e tomaria uma overdose de insulina.

Disse isso tão calmamente que demorou um instante para assimilar o plano. E prosseguiu:

— É fácil se matar, quando você é diabético. Ninguém nem saberia que foi suicídio. Simplesmente entraria em coma de hiperglicemia e estaria morta antes que alguém me encontrasse.

Passei o polegar em seu rosto.

— Por que tiraria a própria vida?

— Você não conhece a minha vida.

— Conheço você.

Ela sacudiu a cabeça.

— Não. Menti pra você sobre tudo. Até meu nome. Matar meu nome era o começo de me matar. Nicole já estava morta para mim.

— O que aconteceu, Nicole?

Ela abaixou a cabeça.

— Você não vai querer saber.

Coloquei a mão embaixo de seu queixo e o levantei suavemente, até que ela estivesse me olhando nos olhos.

Ela soltou o ar longamente.

123

— Minha vida desmoronou quando eu tinha dezoito anos. Tinha acabado de entrar na faculdade para estudar cinema... — sacudiu a cabeça. — Essa é uma carreira muito útil mesmo.

Apertei-lhe a mão.

— Eu ainda morava em casa quando minha mãe entrou em um novo emprego e arranjou um novo grupo de pessoas. Eles a modificaram. Ela começou a andar com eles depois do trabalho, ia a bares e boates. Passou a chegar em casa bêbada. Meu pai simplesmente aturava aquilo, achando ser uma fase. Mas não era. Depois de alguns meses, ela disse ao meu pai que queria o divórcio. Meu pai ficou devastado. Ele implorou para que ela ficasse, mas ela já tinha decidido. Depois de vinte e dois anos de casamento ela o tratava como um estranho. Meu pai sempre lutou contra a depressão, então, quando ela o colocou pra fora, ele não conseguiu lidar com isso. — os olhos dela se encheram de lágrimas. — Uma noite, ele se matou.

Nicole limpou os olhos.

— Essa época é só uma visão obscura pra mim. Tudo estava em comoção. Eu parei de estudar, minha irmã fugiu com o namorado, depois minha mãe me informou que estava se mudando para a casa de seus amigos, portanto eu teria que encontrar outro lugar pra morar. Abandonei os estudos e arranjei um emprego. Eu realmente não tinha qualificação pra nada, então ingressei no turno diário dos laticínios Dairy Queen. Foi onde conheci Kevin. Ele era o dono. Era bem mais velho que eu, quase quinze anos.

Ela me olhou com uma expressão dolorosa, e continuou:

— Parecia algo tão bom. Ele era dono de seu próprio negócio. Tinha uma casa e um carro legal. Acima de tudo, prestava atenção em mim. Quer dizer, eu tinha que pagar por isso, ele fazia o que queria comigo, mas eu não ligava. Eu não ligava pra nada. Eu só queria que alguém me quisesse. Uma noite ele me disse que estava noivo de outra pessoa, mas não a amava. Ele me amava.

"Eu sabia que estava errado, deveria tê-lo deixado, mas não deixei. Eu tinha muito medo de ficar sozinha novamente. Ele me pediu em casamento. Eu não pensava muito naquela outra mulher, no quanto isso iria magoá-la. Nem me preocupei com sua infidelidade. Eu só o queria pra mim, então eu disse sim. Kevin e sua noiva já tinham começado a fazer os preparativos para o casamento quando ele desmanchou o noivado. Sua mãe, Barbara, ficou lívida. Ela não me aceitou. Algumas semanas antes de nos casarmos, eu estava sozinha com Barbara quando ela me deu uma prensa e perguntou o que eu estava tentando fazer. Não entendi a pergunta. Eu disse: "Vou me casar com seu filho". Ela falou: "Você ficou de caso com um homem noivo. Não passa de uma vagabunda". Comecei a chorar. Disse a ela que eu não sabia que ele era noivo. Ela me chamou de mentirosa, e então disse: "Você é tola a ponto de achar que ele realmente te quer? Você é apenas um brinquedinho pra ele. Assim que ele se cansar, vai jogá-la fora, como o lixo de ontem". Ela pegou o talão de cheques e me ofereceu cinco mil dólares para partir e nunca mais voltar. Não pude acreditar. Quando recusei, ela disse: "Não pense que isso vai durar. Você jamais fará parte desta família". Dali em diante ela fez tudo que pôde para infernizar a minha vida. Nós nos casamos, mas foi um dos piores dias da minha vida. Barbara não me disse uma palavra o dia todo. Achei que ela acabaria me aceitando, mas as coisas só pioraram. Toda vez que Kevin passava algum tempo com ela, ele voltava pra casa e ficava mudo comigo. Ela o envenenava. Passei a implorar que ele ficasse longe dela, mas ele só se zangava e dizia que eu não a compreendia e deveria ser grata por tudo o que ela fizera por nós. Ela mandava nele, emocional e financeiramente. Ela tinha os direitos majoritários da Dairy Queen. Antes de nos casarmos, tive que assinar um acordo pré-nupcial renunciando a todos os direitos ao dinheiro dele, do contrário Kevin disse que ela o obrigaria a deixar o negócio e nós ficaríamos falidos. Acho que assinei o acordo para provar a Barbara que não queria dar o golpe do baú. Eu não ligava para o acordo, não estava atrás do dinheiro dele. Eu queria ser amada. Mas isso não fez diferença alguma. Ela pôs na cabeça que eu não prestava e nada mudaria isso. Então engravidei de Aiden. Achei que ter um neto finalmente convenceria Barbara de que eu não ia a lugar algum, mas ela se empenhou ainda mais em nos separar. Ela levava mulheres pra casa para apresentar ao Kevin. Dá pra acreditar nisso? Ela realmente levava mulheres para apresentar ao filho casado. E lá estava eu, grávida, me sentindo feia. Ele dizia: "Eu sou casado, mãe", e ela revirava os olhos e dizia: "Por enquanto".

— Como você sabia que ela fazia isso? — eu perguntei.

— Kevin me contava. No começo, ele me defendia, pelo menos até onde se atrevia. Mas depois que Aiden nasceu as coisas mudaram. A verdade é que Kevin não queria a responsabilidade de ser pai e me culpava por isso. Ele parou de vir pra casa. Saía pra jogar cartas e beber com os amigos quase todas as noites. Eu achava que eram só amigos homens, até que alguém me disse que o vira com outra mulher. Depois disso nós tivemos uma briga e ele disse que eu só tinha engravidado para prendê-lo. Eu respondi: "Prendê-lo pra quê? Nós já somos casados!". Ele retrucou: "Por enquanto". Chorei por dois dias. Ele se desculpou no outro dia, mas não dá pra apagar isso. Eu não tinha ninguém, exceto meu filho. Ninguém me amava, exceto meu filho. Então construí toda minha vida ao redor dele.

O comportamento de Nicole mudou e surgiu uma expressão distante em seus olhos.

— Em seu aniversário de quatro anos fui buscá-lo cedo, no jardim de infância, para levá-lo ao zoológico. Nós paramos na Dairy Queen para tomar uma casquinha. Kevin estava lá e nós tivemos outra briga feia. Eu fiquei tão zangada que agarrei Aiden e saí. — ela parou e seus olhos se encheram de lágrimas novamente. — Dei ré do estacionamento, sem olhar. Apareceu um carro do nada. A polícia disse que o motorista estava a quase 130 quilômetros por hora numa área de sessenta. Ele bateu no meu carro, do lado do motorista, a um palmo atrás de mim, onde Aiden estava sentado em sua cadeirinha. A batida o matou na hora. — então caiu em prantos. — Eu tive que ser tirada das ferragens. Fiquei toda cortada. Quando fui reanimada, estava com hemorragia interna e mais de vinte ossos quebrados. — abaixou o olhar. — Infelizmente, salvaram a minha vida.

Nicole ficou quieta por um tempo, sem conseguir falar. Quando conseguiu, tive que me esforçar para ouvir.

— Enquanto estava no hospital só duas pessoas vieram me ver. Uma foi a esposa do homem do carro que bateu no meu. Ele morreu no acidente. A mulher me culpou. Eu estava ali, sem poder me mexer enquanto ela gritava comigo. Finalmente, uma enfermeira ouviu e chamou a segurança. Eles tiveram que arrastá-la pra fora. A outra pessoa foi Barbara. Ela veio me dizer que eu tinha matado seu neto e essa era a punição de Deus por roubar o marido de outra pessoa. Ela disse que preferia que eu tivesse morrido em vez dele.

Meus olhos se encheram de lágrimas.

— O que você disse a ela?

Ela ergueu os olhos pra mim.

— Eu disse que também desejava isso. Eu ainda estava no hospital quando recebi os papéis de divórcio. Meus pulsos estavam quebrados, a enfermeira teve que abrir o envelope e ler os papéis pra mim.

Ela apertou os olhos, derramando mais lágrimas pelo rosto.

— Eu concluí que a minha vida não valia mais nada, então voltei para Spokane para acabar com ela. Quando encontrei você eu tinha acabado de vir de Seattle. Eu queria ver o mar mais uma vez. Queria estar em Bullman

Beach e sentir o vento no meu cabelo, ouvir as ondas. Você conhece Bullman Beach?

Eu sacudi a cabeça, negativamente.

— Fica perto de Neah Bay, no lado oeste do Parque Olímpico Nacional.

— Esse eu sei onde é — eu disse. — Uma vez passei por lá de carro. É bonito.

— Quando eu tinha sete anos minha família ficou lá, numa pequena pousada, na praia. Eu era feliz, nessa época. Queria ver o lugar pela última vez. — ela suspirou profundamente. — Minha mãe tinha um apelido pra mim, nessa época.

— Qual era?

Ela ergueu os olhos pra mim.

— Angel.

CAPÍTULO
Dezenove

*Nós, humanos, nascemos egocêntricos. O céu troveja e as crianças
acham que Deus está zangado com elas por algo que fizeram.
Os pais se separam e as crianças acham que é culpa delas,
por não terem se comportado bem. Crescer significa deixar
de lado nosso egocentrismo pela verdade.*

*Ainda assim, algumas pessoas se atêm a essa postura mental.
Por mais doloroso que seja seu autoflagelo,
elas preferem acreditar que a crise é culpa delas,
para acreditarem que têm o controle. Ao fazê-lo,
elas se tornam tolas e falsos deuses.*

Diário de Alan Christoffersen

Fiquei abraçado com Nicole por mais de uma hora. Ela se aninhou em mim como uma menininha em busca de abrigo, o que talvez estivesse próximo da verdade. A certa altura, ela começou a chorar novamente, o que fez por quase vinte minutos antes de cair em silêncio. Quando ela finalmente sentou, estava amolecida e vulnerável.

— Você acha que Deus estava me punindo? — perguntou.

Eu sacudi a cabeça, em negativa.

— A morte de Aiden não foi culpa sua. A culpa foi do homem que estava dirigindo o carro em alta velocidade. Mas eu entendo a sua pergunta porque, por um tempo, fiquei pensando a mesma coisa em relação à McKale. Eu tinha uma funcionária que um dia chegou chorando ao trabalho. Seu médico acabara de lhe dizer que ela não podia ter filhos. Ela me disse: "Isso é porque Deus está me punindo". Perguntei-lhe por que Deus a estaria punindo. Ela disse: "Porque eu não tenho ido à igreja". Naquela mesma manhã tinha lido uma matéria no jornal sobre uma prostituta viciada em drogas que tinha sido presa por colocar seu bebê recém-nascido numa caçamba de lixo. Eu disse à minha amiga: "Você está me dizendo que Deus não lhe dá um bebê porque você tem faltado à igreja, mas ele deu um bebê àquela prostituta para matá-lo? Não faz sentido algum".

— Então, você não acredita que Deus nos pune?

— Eu não sei se Ele pune ou não. Mas não acredito num Deus que eu possa controlar — respondi. — Parece-me que Ele está muito mais interessado em nos ajudar do que em nos condenar. Acredito que é por isso que quando estamos necessitados Ele põe pessoas em nosso caminho. Pense nisso, não parece estranho que alguém que entenda o significado de perder tudo venha parar na sua casa exatamente quando você mais precisa de alguém assim?

Depois de um momento, ela disse:

— Sim.

— Há apenas seis semanas eu estava segurando dois frascos de remédio e uma garrafa de uísque, pronto para acabar com tudo. E agora aqui estou eu, com você. Isso é miraculoso.

Nicole abaixou os olhos por bastante tempo.

— O que você faz, quando ainda sente vontade de acabar com tudo? Como vive, quando não quer mais viver?

Quantas vezes eu me perguntei a mesma coisa? Pensei.

— Um dia de cada vez — respondi baixinho. — Um dia de cada vez.

Naquela noite nós não comemos. Nem saímos do sofá. Fiquei abraçado à Nicole até que ela adormeceu. Ainda não tinha força suficiente para carregá-la, então tive que acordá-la, amparando-a até seu quarto. Puxei as cobertas, tirei seus sapatos, depois a coloquei na cama com roupa e tudo. Dei-lhe um beijo na testa, depois fui para o meu quarto. Fiquei deitado na cama, repassando nossa conversa na cabeça. Fiquei imaginando o que Nicole faria pela manhã.

CAPÍTULO
Vinte

OK?

Diário de Alan Christoffersen

Acordei pouco depois de amanhecer. Estava pensando na noite anterior quando ouvi uma batida na porta.

— Entre.

Nicole entrou. Ela estava de robe e cabelos despenteados.

— Dormi de roupa — disse ela, afastando uma mecha de cabelo do rosto. — Mas não me lembro da última vez que dormi tão bem. — Sorriu pra mim, cheia de gratidão. — Obrigada por ontem à noite.

— De nada.

Ela sentou no canto da minha cama.

— Você vai trabalhar? — perguntei.

— Não, liguei dizendo que estou doente. — ela respirou fundo. — Tenho um grande favor para lhe pedir.

— O que você precisar.

— Você me ajudaria a recomeçar minha vida?

Eu sorri.

— Certamente que sim.

— Por onde começo?

— Começamos trazendo a Nicole de volta.

Ela abaixou os olhos por um momento. Depois respirou fundo e estendeu a mão.

— Meu nome é Nicole Mitchell. Prazer em conhecê-lo.

— É um prazer conhecê-la, Nicole — respondi. — Você precisa de uma festa apropriada de boas-vindas. Acho que podemos começar pelo dia de Ação de Graças.

— É amanhã.

— Então vamos encontrar gente que não tem outra programação. Conhece alguém que talvez esteja sozinho no dia de Ação de Graças?

Ela pensou por um momento.

— Bill, meu senhorio.

— E quanto à Christine, sua vizinha?

— Christine — ela repetiu. — Podemos perguntar.

— Há mais uma coisa que Nicole precisa fazer — eu disse. Olhei-a seriamente. — Isso não será fácil.

Ela respirou fundo, preparando-se para o que eu ia dizer.

— Nicole tinha um filho. Um filho que ela amava muito. Aiden também precisa voltar.

Os olhos dela se encheram de lágrimas.

— Como faço isso?

— Fale sobre ele. Exponha fotografias dele.

— Está bem. — concordou, secando os olhos.

Eu só olhei para ela por um momento, depois disse:

— Bem-vinda de volta, Nicole.

Ela apertou minha mão, depois levantou.

— É melhor que eu vá me vestir. Nós temos muita coisa pra fazer até amanhã.

Meia hora depois Nicole e eu sentamos à mesa da cozinha para fazer nossa lista de compras. Eu segurei o lápis.

— Certo — eu me adiantei —nós precisamos de um peru e recheio.

— Anote farinha de rosca, aipo e cebola — lembrou Nicole.

— Anotei. E precisamos de uma lata de molho de oxicoco e de batata-doce...

— Sou boa no doce de batata-doce — Nicole se gabou. — Faço o tipo que mata diabético na hora, com açúcar mascavo e noz-pecã.

— Você decididamente fica encarregada das batatas-doces.

— Anote noz-pecã e manteiga — ela pediu.

— E pãezinhos?

— Faço ótimos pãezinhos Parker House.

— Fabuloso. Peru, recheio, molho de oxicoco, doce de batata-doce, pãezinhos. Molho ferrugem. Eu sei fazer molho ferrugem de peru. Você tem amido de milho?

— Sim.

— Para quantos nós devemos preparar? — perguntei.

— Pelo menos três. O Bill vem.

— Você já ligou pra ele?

— Enquanto você estava no chuveiro. Ele ficou muito empolgado.

— Está bem, vamos planejar para quatro. Na pior das hipóteses, teremos sobras. Fico encarregado do peru, do recheio e do molho ferrugem. Ah, e *eggnog**. Precisamos de *eggnog*. Todo mundo adora *eggnog*.

— Nem todo mundo — discordou Nicole.

— Você não gosta de *eggnog*?

— Tirando o diabetes, não. Você pode tomar meu copo.

Olhei pra ela.

— É mesmo, Angel? Você não gosta de *eggnog*?

— Desculpe — ela ergueu os ombros.

— *Eggnog* é a melhor bebida do mundo.

— Você me chamou de Angel.

— Eu não.

— Chamou, sim.

— Desculpe. Não farei novamente.

— Acho bom — disse ela.

Voltei à minha lista.

— Certo, ainda falta sobremesa.

— Torta de abóbora — disse Nicole.

— Torta de abóbora e purê de batatas. Você fala "purê" ou "pirê"?

— Purê. Pirê é meio esquisito.

Conferi a lista.

— Acho que estamos prontos.

---

* Bebida tradicional norte-americana feita de conhaque, leite, ovo, açúcar e noz-moscada. (N. do E.)

— Não sou boa com tortas — afirmou ela.

— Podemos comprar.

— A padaria do Safeway até que é boa.

— Você tem batatas?

— Não.

— Tem leite suficiente?

— Vou olhar. — ela abriu a geladeira. — É melhor comprar um pouco mais. Principalmente se você vai usar no seu grude, o *eggnog*.

— Não precisa desdenhar meu *eggnog* — eu disse.

Vestimos os casacos e saímos. Na saída do apartamento paramos e batemos na porta de Christine. Ela atendeu de calça de moletom e uma camiseta do time de basquete da Universidade Gonzaga. Pareceu surpresa ao nos ver.

— Angel — ela sorriu. — E Steven...

— Alan — corrigi.

— Certo, Alan. Desculpe.

— E você pode me chamar de Nicole. Angel era só apelido.

— Agora estou confusa — afirmou ela.

— Não importa como você nos chame — emendei. — Viemos convidá-la para o nosso banquete de Ação de Graças, amanhã, à uma da tarde.

Um sorriso surgiu em seus lábios.

— É mesmo?

— Se você não tiver outros planos.

— Não tenho. — para nossa surpresa, os olhos dela começaram a marejar. — Desculpe — disse ela, limpando rapidamente. — É que eu pensei que fosse passar o dia sozinha. Obrigada.

— Bem, nós adoraríamos ter sua companhia.

— O que posso levar?

— Só você — disse Nicole.

— Faço uma torta deliciosa de carne picadinha.

— Carne picadinha deliciosa parece contraditório — eu disse.

Nicole me olhou, incrédula.

— Não acredito que você disse isso.

— Desculpe. Mas soa como um bicho atropelado.

— Isso é pior ainda — ela retrucou.

— Eu sei, carne picadinha é algo que se aprende a gostar — disse Christine. — Não se preocupe, eu também faço uma torta de maçã de matar, e uma torta de abóbora que vale até ser assaltada.

Nicole me deu uma olhada.

— Vale até ser assaltada.

— Deve ser uma torta e tanto — eu sorri. — Você me convenceu, vai ficar encarregada das tortas. Então nós a veremos amanhã, à uma hora?

— Uma hora. Muito obrigada.

— O prazer é nosso — disse Nicole.

Peguei o braço de Nicole e seguimos para o mercado.

Eles, os especialistas, recomendaram de 450 a 600 gramas de peru por pessoa, o que representava um peru de quase três quilos. Mas, como gosto das sobras do peru frio, escolhi uma ave de quase quatro quilos. Também comprei um galão inteiro de *eggnog*, que Nicole achou muito mais que o necessário.

— Ninguém vai beber além de você — sentenciou ela.

— Todo mundo adora *eggnog* — eu disse.

— Nem todo mundo — ela respondeu.

— Trégua com o *eggnog* — pedi.

— Trégua — concordou ela.

Além de toda a comida, também compramos outros acessórios da estação: velas aromáticas, ramos de visco, enfeites de árvore de Natal e fios de luzes piscantes. Nicole ficou alegre durante todo o tempo.

Enquanto eu estava olhando a seção de hortaliças, ela trouxe um porta-retratos de prata para me mostrar.

— O que acha? — perguntou. — Eu acho bonito. É de prata de lei.

— É lindo — concordei. — Pra que é?

— Para Aiden — respondeu ela.

— Perfeito — falei. — É perfeito.

Então ela acrescentou:

— Acho que vou comprar dois. Acho que Bill também gostaria de um.

Alguns minutos depois perguntei a Nicole:

— Você tem alguma música natalina?

— Não.

— Tem som?

— Tenho um aparelho de CD e um iPod.

— Vai servir. Comprei CDs natalinos de Burl Ives, Mitch Miller e, claro, dos Carpenters. — eu me empolguei.

Enquanto mostrava os CDs a Nicole, perguntei:

— Alguém já lhe disse que você se parece com Karen Carpenter?

— Não.

— É mesmo?

— Eu não me pareço em nada com Karen Carpenter. Pra começar, sou loura.

— Certo, então você é uma versão loura da Karen Carpenter.

— Não pareço com ela — disse ela, jogando as mãos ao alto, se afastando. Fui atrás com o carrinho de mercado.

— Achei que parecia — disse a mim mesmo.

Pedi a Nicole que esperasse por mim na porta da frente, enquanto eu parava no balcão da locadora para pegar dois filmes. Quando voltei ela tentou ver os estojos dos DVDs que eu tinha na mão.

— Que filmes você pegou?

— Você vai ver.

— Me fala — ela riu.

— Você vai ver — eu mantive o suspense.

Numa das pontas do centro comercial havia um lote de árvores de Natal.

— Precisamos de uma árvore — eu disse.

— Eu que escolho — decidiu ela. — A casa é minha.

— Justo — concordei.

Nicole encontrou um pinheiro do tipo Douglas-fir, bem moldado, de quase dois metros de altura. O homem que estava vendendo as árvores se chamava Maximilan ("Pode me chamar de Max") e tinha uma empolgação ligeiramente excessiva pelas árvores. Eu fiquei quase surpreso por ele estar disposto a se separar delas. Além do Douglas-fir nós saímos dali com uma porção de informações sobre a nossa compra, incluindo:

- O pinheiro Douglas, na verdade, não é um pinheiro.
- O pinheiro Douglas é uma das poucas árvores que crescem naturalmente em formato de cone.
- O pinheiro Douglas foi batizado segundo o nome de David Douglas, um cara que estudou a árvore, em 1800.
- O pinheiro Douglas foi votado como a segunda árvore natalina da América, ficando atrás apenas do pinheiro Fraser do Sul — um pinheiro de verdade, eu presumo.
- Max só vende pinheiro Douglas.

Max amarrou a árvore no teto do Malibu de Nicole e nós seguimos pra casa. Depois de levarmos toda a comida pra dentro e guardarmos tudo na geladeira, peguei uma faca de corte e fui lá fora pegar a árvore.

Nossa árvore tinha sumido.

Não pude acreditar. Gritei da varanda, chamando Nicole, e ela veio correndo até lá fora.

— O que foi?

— Alguém roubou nossa árvore.

— Agora?

— Aqui do carro. — Olhei pra ela. — Quem rouba uma árvore de Natal?

— Bem, era um pinheiro Douglas — disse Nicole —, a segunda árvore natalina mais popular do mundo.

Olhei para ela e sorri.

— Você acha que existe um mercado negro do pinheiro Douglas?

— Um mercado imenso de árvores roubadas e sequestradas. Provavelmente receberemos um bilhete de resgate a qualquer minuto.

— Mas seu ladrão ficará bem surpreso quando descobrir que nem é um pinheiro de verdade.

— Pinheiro falso — disse Nicole. — Seria como roubar um anel de diamante e descobrir que era só zircônia.

— Seria exatamente assim — concordei.

Nós dois caímos na gargalhada. Depois voltamos à loja e compramos outra árvore. Max nos deu seu desconto de "amigos e familiares", tirando 10% da nossa segunda compra.

Naquela noite nós decoramos a árvore. Depois que terminamos, Nicole veio com o porta-retratos de prata e uma foto de seu filho sorrindo. Ela colocou-a sobre a televisão.

— É um garoto bonito — eu disse.

Ela sorriu, triste.

— Bem-vindo de volta, filho.

CAPÍTULO
Vinte e um

*Dia de Ação de Graças. Eu acredito que
não possa haver alegria sem gratidão.*

✦ Diário de Alan Christoffersen ✦

Na manhã seguinte Nicole bateu em minha porta, depois entrou.

— Bom dia.

— Feliz Dia de Ação de Graças — eu disse.

— Feliz Dia de Ação de Graças pra você. Liguei novamente para o trabalho, dizendo que estou doente.

— E como foi?

— Minha chefe não ficou feliz. Acho que ela não está acreditando.

— Você tentou soar doente?

— Tentei. Mas não sou muito boa nisso. Estou pensando se não vou ser despedida.

— Acho que você deveria pedir demissão.

— Por quê? É um emprego importante.

— Sim, mas a deprime.

— Você está certo, mas eu não posso sair. Preciso do dinheiro. Além disso, o que você faz com um curso superior em cinema? Não, um curso superior incompleto em cinema.

— Você poderia arranjar um emprego num cinema. Poderia, tipo, vender pipoca.

Ela me bateu de brincadeira.

— Isso certamente vai pagar as contas.

— Nós só precisamos que você encontre um emprego com um pouquinho mais de energia positiva. — Olhei o relógio. — E temos muita coisa pra cozinhar. Quando devemos colocar o peru pra assar?

— Quatro quilos, certo?

— Sim.

— Ele provavelmente vai levar três horas. Eu deixaria três horas e meia, só pra garantir.

— Isso seria agora mesmo — eu disse. — Bem na hora. — E saí da cama.

Nicole começou a fazer os pãezinhos, e perguntou:

— Você estava planejando assistir filmes essa noite?

— Sim.

— Pode me dizer agora o que você pegou?

— *A Felicidade não se Compra*...

— Bom. Um clássico para o Natal. Então, por que o mistério?

— ...e *Cidadão Kane*.

O sorriso dela sumiu e ela parou de sovar a massa.

— Por que escolheu esse?

— Você passou meses criando uma cronologia que eu quero estragar.

Ela me olhou por um momento, depois voltou aos seus pãezinhos.

— Você é muito esperto — comentou.

— Também acho — respondi.

Ela jogou uma mão cheia de farinha em mim.

Bill, o senhorio, chegou cedo (sua colônia Old Spice chegou alguns segundos antes), pouco antes de meio-dia. Ele estava arrumado como se fosse para a igreja, de chapéu, suspensórios e uma gravata borboleta de bolinhas vermelhas. Trouxe uma caixa de caramelos com nozes e uma garrafa de Cold Duck.

— Obrigado pelo convite — disse a Nicole, tirando o chapéu ao entrar. — Gostaria que você repensasse o fato de se mudar. — ele se virou para mim. — Angel tem sido minha melhor inquilina.

— Eu resolvi ficar — disse ela. — Apenas me traga um novo contrato.

— Um novo contrato de vida — disse ele.

Ela sorriu.

— Pode-se dizer isso. E pode me chamar de Nicole.

Foi a vez dele sorrir.

— Terei o maior prazer em fazê-lo.

— Ainda estamos fazendo o jantar — disse Nicole. — Você gostaria de assistir a um jogo de futebol na TV?

— Não, não ligo pra isso. Se não se importam, só vou ficar aqui onde está o movimento.

— Não nos importamos — ela respondeu.

— Aceita um pouco de *eggnog*? — perguntei.

Ele abanou a mão pra mim.

— Não bebo esse negócio. Sou intolerante à lactose.

— Outro copo pra você — Nicole sussurrou, maliciosa.

Christine bateu em nossa porta na hora marcada. Ela estava com um suéter festivo e brincos de enfeites natalinos. A porta de seu apartamento estava escancarada.

— Você poderia me ajudar a trazer minhas tortas?

— Com prazer — eu disse. — Quantas você fez?

— Três. Maçã, abóbora e... carne picadinha.

— Você fez a de picadinho só pra me provocar, não foi?

Ela sorriu.

— Eu gosto de picadinho. — e acrescentou — É para provocá-lo.

— Não vou carregar a de picadinho — avisei.

Nós trouxemos as tortas. Nicole resfolegou quando entramos.

— Nossa, parecem fabulosas.

— Obrigada. Eu adoro assar tortas. Só não tenho ninguém para quem fazê-las.

Eu olhei pra Nicole.

— Acho que vocês duas precisam se reunir.

— Acabamos de fazer isso — disse ela.

— Oi, Bill — disse Christine, caminhando para a cozinha.

— Olá, Chris — disse Bill — Isso é picadinho?

— É, sim.

— Adoro um bom picadinho.

Christine me lançou um olhar e Nicole sorriu.

— Parece que o picadinho está derrotando seu *eggnog* — disse.

Sacudi os ombros.

— Não dá para levar em conta o gosto de algumas pessoas.

— Exatamente a minha opinião — respondeu ela.

— Então como é que um diabético lida com um banquete de Ação de Graças? — perguntei.

— Hoje eu não sou diabética.

— É mesmo?

— Brincadeira, mas vou usar mais insulina. Eu sei que não é muito inteligente, mas uma vez no ano... eu vou sobreviver.

Meia hora depois nós terminamos nossos preparativos e sentamos para comer.

— Nossa, mas que banquete — observou Bill, olhando a mesa. — Não vejo uma fartura dessas desde June. — Sabíamos que ele não estava falando do mês de junho.

— Eu gostaria de fazer uma prece — disse Nicole. Ela esticou os braços e pegou a mão de Bill e a minha. Bill pegou a mão de Christine e Christine pegou a minha, fechando o círculo.

Nicole baixou a cabeça.

— Querido Pai, sou grata por esse dia, por meus amigos e por Alan e seus cuidados. Somos gratos por esse alimento e por tanto a agradecer. Pedimos a bênção aos carentes e que sejamos levados a ajudá-los. E também somos gratos por aqueles que estão faltando em nossas vidas. Amém.

— Amém — eu disse.

— Amém — disseram Bill e Christine.

— Antes de comermos — disse Nicole — gostaria de um instante para dizer algo, se não se importarem.

— Claro — disse Bill. — Discurso, discurso.

— Bem, na verdade não é um discurso — disse ela. — Em dias melhores minha família sempre costumava dizer uma coisa pela qual éramos gratos, antes de comermos. Espero que não tenha problema.

Todos concordamos.

O Caminho 149

— Alan, você começa?

Eu olhei ao redor da mesa e todos os olhos estavam virados pra mim.

— Claro. — eu me sentei ligeiramente mais ereto. — Essa é minha primeira data festiva sem McKale. Se vocês me perguntassem, há um ano, pelo que eu era mais grato, eu teria dito McKale. Se me perguntarem hoje, eu diria a mesma coisa. Acho que às vezes temos sorte de possuirmos alguém que nos faz tanta falta.

Nicole sorriu, triste.

— Sou grato por estar aqui hoje com todos vocês, por este alimento e este lar. Sou grato por me sentir muito melhor. Acima de tudo, sou grato a Nicole por cuidar de mim e me incentivar a passar por tudo isso. Não sei como eu teria conseguido sem ela. É isso — encerrei.

Bill assentiu, pensativo.

— Agora, eu — disse Christine, virando para Nicole. — Sou grata por vocês terem me convidado para jantar com vocês. Achei que eu fosse passar outro Dia de Ação de Graças chato, sozinha. O dinheiro está meio apertado, então eu só vou voar pra casa depois que terminarem as aulas. Portanto, sou grata por ter amigos que me façam sentir gratidão.

— Amém — disse Nicole.

— E você, Bill? — perguntei.

Ele abaixou o olhar para o prato enquanto organizava os pensamentos. Depois ergueu os olhos, para todos nós, parando em Nicole.

— Desde que perdi minha June tenho andando bem sozinho. Então acho que sou um pouco como a Christine, achei que esse seria outro dia chato, solitário, com minhas lembranças. Graças a Deus tem gente como você, Nicole, que inclui um velho em suas festividades.

— O prazer foi meu, Bill — respondeu Nicole, e respirou fundo. — Acho que é minha vez. No último dia de Ação de Graças eu estava numa cama de hospital, sozinha, passando por uma das experiências mais difíceis da minha vida. Hoje sou grata a todos vocês. Vocês disseram coisas tão bondosas. Não sabem o quanto significam para mim. Sou especialmente grata por Alan ter entrado em minha vida nesta época. — ela pegou minha mão. — Achei que tinha ido ao hospital ajudá-lo. Não percebi que era por mim. Obrigada por não me deixar, como todos fizeram. Obrigada por se importar.

Olhei fundo em seus olhos. Ela continuou.

— Hoje sou principalmente grata pela vida. Parece que todos nós tivemos anos duros, ultimamente. Não sei quanto a você, Christine, mas nós três perdemos alguém que amávamos. Porém, por mais difíceis que os últimos anos tenham sido, ainda sou grata por eles. Sou grata pelos dias bons que tive. Não tem havido muitos deles, ultimamente, mas espero que haja mais pela frente. Espero que isso seja verdade, para todos nós.

Os olhos de Christine brilhavam e Bill parecia que ia ficar emotivo. Ergui meu copo de *eggnog*.

— Vamos lá.

Todos também ergueram seus copos e brindaram.

— Agora vamos comer, antes que todo mundo morra de fome — disse Nicole.

Levantei-me para servir o peru e comecei a distribuir a comida.

— Angel, você poderia, por favor, passar o purê de batatas? — pediu Christine.

— Ela agora atende por Nicole — disse Bill.

— Ah, certo. Desculpe.

— Angel era um apelido — disse Nicole. — Mas eu cansei dele.

Pisquei pra ela.

A refeição estava deliciosa e a conversa continuou animada, passando por uma série de assuntos, desde a origem do picadinho até onde estávamos quando o ônibus espacial *Challenger* explodiu.

A soma do dia realmente foi bem maior que suas partes. Nós, os quatro solitários, conversamos e rimos como velhos amigos, como se não tivéssemos nenhuma preocupação no mundo. Talvez, naquele momento, não tivéssemos.

Todos nós lavamos a louça, até Bill, alegando que sob o regime de sua esposa a função dele era ajudante de cozinha. Quando a cozinha estava limpa Bill abraçou Nicole.

— Obrigado.

— Você não vai ficar para assistir ao filme?

— Não, acho que vou me recolher. Mas obrigado por tudo. Foi uma refeição maravilhosa. Eu me diverti muito.

— Não por isso — disse Nicole. — Nós devemos nos reunir novamente.

O rosto dele se acendeu.

— Eu gostaria imensamente.

Nós três assistimos *A Felicidade não se Compra*. Christine passou boa parte da noite conosco, mas foi embora antes do fim do filme. Ela nos abraçou e combinou uma data para sair com Nicole.

Jimmy Stewart estava ajoelhado, implorando para viver, quando surgiu uma batida na porta. Nicole levantou.

— Christine deve ter esquecido alguma coisa.

— Vou parar o filme — eu disse.

— Tudo bem. Eu já vi um milhão de vezes.

Dei uma olhada, conforme ela abriu a porta. Não dava pra ver quem estava no corredor, mas ouvi uma voz de homem. Nicole disse algo, depois olhou de volta pra mim.

— Alan, é pra você.

Olhei pra ela, intrigado.

— Pra mim?

Ela deu alguns passos na minha direção.

— É seu pai.

CAPÍTULO
Vinte e dois

Meu pai veio. Independente do que ele dissesse,
seu gesto de vir me procurar falou mais alto.

Diário de Alan Christoffersen

Olhei para Nicole, incrédulo.

— Meu pai?

Ela assentiu.

Levantei e fui até a porta. Meu pai estava ali em pé, no corredor, com seu casaco dos Los Angeles Lakers. Por um instante nós só olhamos um para o outro. Então ele deu um passo à frente e jogou os braços ao meu redor.

— Filho.

Meu pai raramente me abraçava, e nunca na frente de outras pessoas, por isso não pareceu natural. Ficou abraçado por quase um minuto antes de me soltar, dando um passo atrás, com as mãos ainda em meus ombros. Somente então vi que seus olhos estavam vermelhos.

— Graças a Deus você está bem. Quando eu soube que você tinha sido esfaqueado... — ele parou, tomado de emoção. Limpou os olhos com as costas da mão. — Você está bem?

— Muito melhor do que estive quatro semanas atrás — respondi, com a mente fervilhando de perguntas. — Como me encontrou?

— A Falene me ligou.

Sua resposta gerou mais perguntas. Falene era minha assistente, na Madgic, minha antiga agência de propaganda, e a única funcionária que me foi leal quando Kyle roubou a agência. Depois da morte de McKale, quando decidi fechar tudo, pedi a Falene que vendesse todas as minhas coisas e colocasse o dinheiro numa conta pra mim. Eu sabia que ela tinha andado ocupada, conforme comprovado pelo crescente saldo da conta, mas não falava com ela desde que deixara Seattle.

— Como a Falene soube onde eu estava?

— Ela não sabia. Ficou acompanhando sua caminhada pelas transações de seu cartão, até que pararam na saída de Spokane. Ela ficou preocupada que algo tivesse acontecido com você, então me ligou para ver seu eu tinha notícias suas. Vou te contar: quando ela me disse que você estava atravessando o país a pé, quase caí duro. Nem sabia que você tinha deixado Seattle.

— Desculpe-me, eu deveria ter lhe contado. — a verdade era que eu e meu pai nunca fomos próximos, e eu nem pensei em ligar pra ele.

— Depois da ligação dela, o primeiro telefonema que dei foi para a Delegacia de Polícia de Spokane. Eles me disseram que você tinha sido assaltado e levado a um hospital. Liguei pra lá, mas ninguém conseguia responder minhas perguntas sobre seu paradeiro, então peguei um voo pra cá e bisbilhotei até que descobri uma pessoa que sabia onde você estava.

— Norma — presumi.

— Uma enfermeira, mais ou menos dessa altura, loura. — ele ergueu a mão, na horizontal, na altura de seu peito.

— É ela — eu disse, e recuei um pouquinho. — Entre, vamos conversar.

Meu pai entrou. Nicole tinha desligado o DVD e estava em pé, perto do sofá, nos observando.

— Pai, essa é minha amiga Nicole. Ela se ofereceu para cuidar de mim quando tive alta do hospital.

Nicole caminhou até nós e apertou a mão do meu pai.

— É um prazer conhecê-lo, Sr. Christoffersen. Por favor, sente-se.

— Obrigado.

Meu pai caminhou até o sofá e sentou. Fechei a porta atrás dele e sentei na outra ponta do sofá.

— Venha sentar conosco — convidei Nicole.

Ela sentou.

— Seu nome é Nicole? — meu pai perguntou. — Disseram-me que meu filho tinha ido pra casa com uma mulher chamada Angel.

— Angel é meu apelido — disse ela.

Ele assentiu.

— Bem, Nicole, eu quero agradecê-la por cuidar do meu filho.

— O prazer tem sido meu. Na verdade, pode-se dizer que ele está cuidando de mim.

Meu pai se voltou pra mim.

— A Falene disse que você estava caminhando até Key West, na Flórida.

— Esse é o plano.

Ele abaixou os olhos por um instante, como se tentasse assimilar minha resposta.

— Eu nem sei o que dizer quanto a isso. Você me disse que seu negócio estava ligeiramente em dificuldades, mas não disse que quebrou e que você tinha perdido sua casa.

— As coisas desmoronaram muito rápido.

Ele concordou.

— Só fico feliz que você esteja vivo. Você não vai continuar caminhando, vai?

— Assim que o clima permitir. Estou preso aqui até a primavera.

Ele franziu a testa.

— Posso dissuadi-lo disso?

— Não. — sacudi a cabeça.

— Eu poderia suborná-lo para não fazer?

— Não.

Ele recostou.

— É perigoso por aí.

— Isso, com certeza — interveio Nicole.

Depois de um minuto, meu pai perguntou a ela:

— Como foi que vocês dois se conheceram?

— Acaso feliz, na verdade — Nicole respondeu. — Nós nos conhecemos na saída de uma cidade, aproximadamente a 160 quilômetros daqui, quando Alan parou para consertar meu pneu. A polícia me ligou depois que ele foi atacado.

— Isso é um acaso feliz. A polícia pegou os bandidos?

— Sim — respondi. — Até onde sei, estão na cadeia. O garoto que me esfaqueou está morto.

Meu pai me olhou com uma expressão peculiar, que eu nunca tinha visto em seu rosto, um misto de choque e admiração.

— Você o matou?

— Não, eu estava inconsciente. O garoto atacou os homens que me salvaram e eles atiraram nele. Ele morreu no mesmo hospital onde eu estava.

Meu pai só sacudiu a cabeça.

— Onde andam os pais, ultimamente?

Nicole se inclinou à frente.

— Sr. Christoffersen...

— Bob — disse ele. — Me chame de Bob.

— Já comeu?

— Comi um hambúrguer, mais cedo.

— Isso não é aceitável no dia de Ação de Graças. Temos um banquete completo na geladeira. Posso lhe servir algo?

— Se não for trabalho.

— Trabalho nenhum. Vocês dois fiquem colocando o papo em dia — disse ela, seguindo para a cozinha.

— Garota bacana — reconheceu meu pai.

— Sim, ela é.

Ele enlaçou as mãos no colo.

— Quando Falene me disse que você tinha perdido a casa... — ergueu os olhos pra mim. — Por que não me ligou? Eu poderia ter ajudado.

— Eu estava meio arrasado.

— Isso, e também por achar que você não poderia.

— Acho que sim. — abaixei os olhos.

— Lamento por isso. Eu me importo. Só não sou muito de demonstrar.

— Você veio me procurar — eu disse.

Dez minutos depois Nicole voltou.

— O jantar está pronto.

Meu pai sorriu e se levantou. Eu o segui até a cozinha. A mesa estava posta com travessas e um único prato com talheres.

— Nossa, mas isso é um banquete — ele se admirou.

Meu pai nunca foi de comer muito, mas me surpreendeu, comendo porções generosas e repetindo tudo. Sentei-me ao seu lado e comi fatias de peru frio, fazendo um sanduíche com o pãozinho.

— Há quanto tempo está na cidade? — Nicole perguntou.

— Eu estava preparado para ficar o tempo que precisasse. — ele olhou pra mim. — Mas agora que encontrei meu filho, provavelmente irei embora amanhã.

— Por que não passa o fim de semana? — perguntei. — Seria legal tê-lo por aqui.

Deu pra ver que ele gostou da minha oferta.

— Gostaria de fazer isso.

— Onde está hospedado? — quis saber Nicole.

— No Hotel Ramada do aeroporto.

— Poderia ficar aqui — ofereceu ela. — Eu durmo no sofá.

— Não, não, eu estou bem. Todas as minhas coisas estão lá e não é um trajeto tão longo para vir de carro até aqui.

— Comeu o bastante?

— Comi o suficiente por um pequeno vilarejo. Você não teria *eggnog*, teria?

Nicole sorriu.

— De sobra. Vou lhe servir um copo.

— Eu misturo com leite, meio a meio.

— Tal pai, tal filho — disse ela.

Quando meu pai terminou de comer, ele agradeceu Nicole imensamente. Então o acompanhei até seu carro alugado. Ele ligou o motor, acionou o desembaçador e o limpador de pára-brisa, depois entrou enquanto aquecia.

— Obrigado por vir — eu disse.

— Claro que eu vim. — ele ficou em pé no frio, com a respiração congelando à sua frente. — Desde que a Falene ligou não tive uma noite decente de sono. Se você não se importar, estou pensando em dormir amanhã.

— Parece bom.

Ele assentiu.

— Eu o verei durante a tarde. Boa noite, filho.

— Boa noite, pai.

Ele abriu a porta, depois parou.

— Aquela Falene é uma garota legal. É melhor você dar uma ligada pra ela. Estava morta de preocupação.

— Vou ligar pra ela esta noite.

— Ela vai ficar contente. — disse, entrando no carro, depois foi lentamente se afastando do meio-fio.

Nicole me encontrou na porta.

— Não posso acreditar que ele veio — eu disse.

— E ele gosta de *eggnog*.

— Ele gosta mesmo de *eggnog*.

— Que bom que alguém gosta — disse ela. — Temos um galão inteiro lá dentro.

CAPÍTULO
Vinte e três

*Fazer uma amizade é como alimentar os esquilos
no parque. No começo, é só pegar e fugir.
Mas com gestos suaves, tempo e consistência,
eles logo estarão comendo na sua mão.*

Diário de Alan Christoffersen

Peguei o telefone de Nicole emprestado para ligar para Falene. O telefone dela tocou seis vezes antes de cair na secretária eletrônica. Desliguei sem deixar recado, depois liguei de novo. Lembrei que Falene raramente atendia números que não conhecia, mas às vezes atendia, se a pessoa insistisse. O telefone tocou novamente por um tempo e eu estava prestes a desligar quando ela atendeu.

— Aqui é a Falene.

— Falene, é o Alan.

Silêncio.

— Você está aí? — perguntei.

— Por onde você andou?

Eu não tinha certeza se a pergunta era retórica ou se ela realmente queria saber.

— Estou em Spokane.

— Você está em Spokane — disse ela, elevando o tom de voz. — E eu estou aqui, morrendo de preocupação. Seu pai está por aí, procurando você, tenho ligado para os hospitais daqui até Denver. Para mim, você podia estar deitado no acostamento de uma estrada, morto. Mas que egoísta...

— Falene...

— Eu não terminei. Você não podia tirar cinco minutos do seu tempo e me ligar? Não valho cinco minutos do seu tempo? Tenho me matado pra vender tudo, ouvindo merda dos vendedores e tentando responder perguntas...

— Falene, desculpe. Você está certa, fui egoísta.

— Não, você é incrivelmente egoísta. Você é o maior egoísta insensível...

— Falene, respira.

Surpreendentemente ela parou, embora ainda estivesse ofegante.

— Obrigado — eu disse.

Ela soltou o ar, aflita.

— Onde está você?

— Estou em Spokane — repeti.

— Seu pai está em Spokane, neste momento, procurando por você.

— Ele me encontrou.

— Ele disse que você foi esfaqueado. É verdade?

— Fui atacado por uma gangue. Tomei três facadas.

— Onde?

— Na saída de Spokane.

— Quero dizer, em que lugar do seu corpo?

— Na barriga. Felizmente eles não acertaram nenhum órgão vital.

— Você está bem?

— Foram algumas semanas antes que eu pudesse voltar a andar, mas estou quase recuperado.

— Desculpe por eu ter ficado tão zangada. — ela suspirou. — Tenho andado aterrorizada nas últimas três semanas. Fiquei preocupada, achando que alguma coisa ruim tinha acontecido com você e eu estava certa.

— Lamento não ter ligado. Não estou dizendo que isso seja uma desculpa, mas eu não estou mais com meu celular, então nem penso nisso.

— O que aconteceu com seu celular?

— Joguei no lago.

Ela não perguntou por quê.

— Não sabia que você estava me rastreando — eu disse.

— Claro que estava.

— Como você está? — perguntei.

— Estou bem. Terminei de vender os móveis do escritório. Mais ou menos metade dos móveis da sua casa ainda está na loja de consignação. Tem cerca de quarenta e seis mil dólares na conta. Espero que esteja tudo bem, mas peguei quatro mil para o meu salário e para pagar meu irmão por me ajudar a levar os móveis.

— Eu te ofereci metade.

— Eu só precisei de um pouquinho. Além disso, arranjei outro emprego. Agora sou gerente do escritório da Tiffany's Modelling. Tripliquei meus bicos como modelo e ganho as fotos de rosto de graça.

— Fico contente que isso esteja dando certo.

— Sabe, estando na Tiffany's vejo muitos caras de outras agências que eram nossos concorrentes. Eles sempre perguntam de você.

— E o que você diz a eles?

— Digo que você assumiu uma posição na BBDO, no Reino Unido.

Eu ri.

— Por que simplesmente não conta a verdade?

— Não é da conta deles. Ontem eu vi Jason Stacey, da Sixty-Second. Ele me disse que o Kyle está perdendo todos os clientes quase com a mesma rapidez que está perdendo os cabelos, e ele e o Ralph seguiram caminhos diferentes. Ralph está num emprego com algum sindicato, fazendo o *design* gráfico interno.

— Isso não durou muito — eu disse. Kyle tinha sido meu sócio na Madgic. Enquanto eu cuidava de McKale, ele tinha começado uma agência escondido, roubado meus clientes e convencido Ralph, meu *designer* gráfico, a ser seu sócio. Eu mesmo tinha contratado e treinado Ralph, por isso sua traição foi bem difícil pra mim. — Só faz uns dois meses.

— Aparentemente, os trapaceiros não prosperam. Aliás, você nunca vai adivinhar de quem eu recebi uma ligação outro dia. Phil Wathen.

O nome causou uma pontada que percorreu meu corpo. Phil era um empreendedor imobiliário e era sua conta de seis milhões de dólares que eu estava batalhando, quando soube do acidente de McKale.

— O que o Phil tinha a dizer?

— Ele queria saber se você consideraria em tê-lo de volta como cliente. Acho que o Kyle não está conseguindo fazê-lo feliz.

— Carma é uma droga — falei.

Ela riu.

— Sinto sua falta.

— Eu também sinto a sua.

— Tenho uns papéis de imposto de renda que precisam ser assinados, para onde devo mandá-los?

— Estou ficando na casa de uma amiga. Você poderia mandar os documentos pra cá.

— Que tal se eu for levá-los?

Sua oferta me surpreendeu.

— Você não precisa ter todo esse trabalho.

— Não é trabalho nenhum. Além disso, tenho a semana entre o Natal e o Ano-Novo de folga, e adoraria revê-lo.

— Eu gostaria também — retruquei.

— Então eu vou. — ela suspirou. — É melhor eu deixá-lo agora. Tenha um feliz Dia de Ação de Graças.

— Feliz Dia de Ação de Graças pra você — falei.

— Agora será — ela respondeu.

Desliguei o telefone. Tinha esquecido como era bom falar com ela.

CAPÍTULO
Vinte e quatro

Assistimos Cidadão Kane. Fico satisfeito em testemunhar que, nesse caso, o filme terminou de forma totalmente diferente do que deveria.

Diário de Alan Christoffersen

Longas conversas (e a maioria das conversas curtas) não fizeram parte da minha experiência ao crescer com meu pai, então fiquei imaginando sobre o que falaríamos naquela tarde. Minhas preocupações foram em vão. Meu pai chegou por volta de meio-dia e imediatamente começou a fuçar pela casa de Nicole, à procura de alguma coisa que pudesse consertar, algo que é seu passatempo favorito. Suas descobertas exigiram duas idas ao Home Depot. Ele consertou uma torneira que pingava, colocou vedações em duas janelas e trocou a lâmpada da geladeira antes de sentar comigo para assistir a um jogo entre o Alabama e o Auburn.

Nicole chegou em casa, do trabalho, em seu horário habitual. Jantamos as sobras da Ação de Graças, depois meu pai e eu combinamos um horário para o almoço do dia seguinte.

Depois que ele saiu, Nicole e eu fizemos pipoca e sentamos para assistir *Cidadão Kane*.

Quando o filme terminou, Nicole disse:

— Você sabia que *Cidadão Kane* era sobre William Randolph Hearst? Ele era dono de dúzias de jornais e quando o filme estreou ele não apenas os proibiu de mencionar o filme, mas ameaçou cortar a propaganda de qualquer cinema que o exibisse.

— Não posso dizer que o condeno — falei.

— Realmente o faz parecer bem cruel. O filme não foi bem nas bilheterias. E no fim, destruiu os dois homens: Hearst e Welles.

— Como sabe disso tudo?

— Estudei cinema, lembra?

— Ah, sim.

— Isso também é verdade com *A Felicidade não se Compra*.

— Hearst não gostou?

Ela riu.

— Não, também foi um fracasso de bilheteria. As pessoas simplesmente acharam muito depressivo.

Pensei a respeito.

— Mas agora nós gostamos.

— Com certeza gostamos. — ela sorriu, concordando.

CAPÍTULO
Vinte e cinco

Há dois tipos de pessoas. Aquelas que escalam a montanha e as que sentam à sombra da montanha e criticam as que escalam.

Diário de Alan Christoffersen

Fiel à sua natureza, meu pai chegou em casa, no dia seguinte, precisamente cinco minutos antes do meio-dia.

— Se você não chegar cinco minutos antes, está atrasado — ele sempre disse, e era tão pontual quanto econômico, o que o deixaria impressionado se você soubesse o quanto ele era econômico.

Embora fosse hora do almoço, nós fomos até a IHOP* comer panquecas. A IHOP era uma tradição para mim. Sempre que eu virava a noite trabalhando na agência, nós todos íamos parar na lá, às vezes até às três da madrugada.

Nós dois pedimos uma pilha de panquecas; ele, com trigo mouro, e a minha com mirtilo. Quando recebemos nossos pratos ele perguntou, diretamente:

— Como está lidando com McKale?

— Tenho meus momentos.

Ele me lançou um olhar experiente.

— Sabe, depois que sua mãe morreu, alguns dos meus colegas tentaram me fazer começar a namorar, mas eu não quis. Isso foi um erro. — os olhos dele me seguiam, como se tivesse sido alertado quanto à minha resposta.

— Não estou interessado em namorar neste momento — eu disse.

— Não estou dizendo que você deveria estar, é muito cedo. Mas espero que você pense nisso algum dia.

— Por que você não pensou?

— Bem, existem as mentiras que contamos a nós mesmos e existe a verdade. Eu disse a mim mesmo que não queria confundi-lo, trazendo uma mulher estranha pra casa. Mas a verdade era que eu estava com medo de me arriscar novamente. Sempre fui tímido, então sua mãe foi a única mulher com quem eu namorei. Tive sorte com ela. Não achava que um homem

---

* International House of Pancakes (Casa Internacional de Panquecas). (N. do E.)

pudesse ter esperanças de ter aquela sorte duas vezes na vida. — meu pai despejou xarope de bordo em suas panquecas. — Só estou dizendo para que você não seja um covarde como eu. A vida é curta. Você deve encontrar amor, quando e onde puder.

Fiquei surpreso de ouvir isso dele.

— Você não é covarde.

— Claro que sou. Os covardes sempre se escondem por trás da ameaça ou da indiferença. É preciso coragem para demonstrar os sentimentos. — ele deu uma garfada na panqueca. — De qualquer forma, tenho pensado muito sobre sua caminhada. Como definiu seu ponto de destino?

— Era o ponto mais distante no mapa.

Ele assentiu como se compreendesse.

— Você já esteve em Key West?

— Não.

— Nem eu — disse ele. — De qualquer forma, não sou contra sua caminhada até lá.

— Mudou de ideia?

— Acho que eu não tinha chegado a uma conclusão. Logo que ouvi falar, não sabia por que você queria fazer essa maluquice. Porém, quanto mais pensava a respeito, mais fazia sentido. Acho que sei por que você precisa caminhar.

Fiquei curioso para ouvir sua explicação, principalmente já que eu mesmo não tinha certeza.

— Por quê?

— Quando eu tinha vinte e poucos anos li um livro de um psiquiatra alemão. Ele era um sobrevivente do campo de concentração de Auschwitz. Aquele livro teve um efeito profundo em mim. Algo que ele disse sempre ficou comigo. Talvez seja apenas a minha interpretação, mas basicamente ele escreveu que quando um homem perde sua visão do futuro, ele morre. Hoje em dia, fala-se muito de viver o agora, mas se você não tem um futuro, não existe o agora. Vemos isso toda hora. Homens que se aposentam e depois de alguns meses saem no obituário do jornal. Serei honesto com você. Quando perdi sua mãe, havia dias em que eu queria botar um revólver na cabeça. Mas eu ainda tinha você. E tinha meu emprego e meus colegas do Rotary. Foi o que me impediu de sair dos trilhos. Mas você não teve a mesma sorte. Você perdeu tudo. Homens inferiores se entregaram, em tais circunstâncias. Mas você encontrou algo para mantê-lo seguindo em frente. Isso é admirável. Acho que é mais que isso. É uma atitude de homem.

Esse talvez tenha sido o maior elogio que recebi de meu pai. Quase instintivamente tentei desviar.

— Eu quase desisti.

— *Quase* não tem consequência nesse mundo. Consequência alguma. Você não desistiu e isso é o que vale. — ele pousou seu garfo e se inclinou à frente. — Você sabe por que os homens escalam as montanhas?

Olhei pra ele, inexpressivo.

— Por que elas estão ali?

— Porque o vale é pra cemitérios. Às vezes, quando a tragédia chega, as pessoas desistem da esperança achando que não têm mais nada na vida, quando a verdadeira busca é descobrir o que a vida espera delas. Isso faz algum sentido?

— Faz — respondi.

— Então, minha mente treinada de contador precisa perguntar: você tem recursos para prosseguir em sua trilha?

— Acho que sim. Tenho cerca de quarenta e seis mil dólares.

— Contanto que não se hospede no Four Seasons, isso deve dar. Você não está levando o dinheiro, não é?

— Não. Uso o cartão de crédito e saco nos caixas eletrônicos. A Falene vendeu todos os nossos móveis e colocou o dinheiro numa conta.

— Não gosto das taxas dos caixas eletrônicos — disse ele, parecendo mais um contador do que meu pai — Mas suponho que isso não possa ser evitado. Imagino que essa conta seja com rendimentos.

— Eu realmente não sei.

Ele franziu o rosto. Nunca entendeu por que eu era tão tranquilo com essas coisas.

— Bem, se por qualquer motivo você se apertar, me procure. Você pode se surpreender, mas eu tenho um pé de meia e tanto.

— Isso não me surpreende em nada, você sempre trabalhou duro e era a pessoa mais econômica que eu já conheci. Se eu fosse mais parecido com você, não estaria tão encrencado.

— Se fosse mais parecido comigo seria um velho entediado e infeliz.

Olhei-o intrigado. Então ele disse:

— Eu sei que o critiquei várias vezes por ser irresponsável com seu dinheiro, mas agora estou sendo honesto com você: uma parte de mim o admira. Você e McKale viveram. E se divertiram. Agora você tem essas lembranças. Eu não fiz isso, e você e sua mãe sofreram. Eu sofri por causa disso também.

— Nós tivemos bons momentos — ponderei.

— Claro que tivemos, mas foram poucos e com grandes espaços de tempo. Deixei coisas de lado, com você e sua mãe, pelas quais até hoje me arrependo. Em um Natal, ela queria ir para a Itália, mais que qualquer coisa. Ela me implorou para ir. Disse que não queria mais nada de Natal, nem de aniversário, disse que usaria cupons de desconto, arranjaria um bico e economizaria cada centavo. Ela até tinha uma babá arranjada pra você. — ele sacudiu a cabeça. — Que idiota eu fui, eu lhe disse não, é muito caro. Um desperdício de dinheiro. Em vez disso, nós fomos de carro para o Parque Nacional de Yellowstone.

— Eu me lembro dessa viagem a Yellowstone — eu disse. — Tenho lembranças afetuosas disso. A mamãe não queria ir?

— Se ela não queria, não deu pra notar, mas eu sabia que seu coração estava na Itália. — subitamente, os olhos do meu pai se encheram de lágrimas. — Eu não sabia que seriam nossas últimas férias juntos. — ele limpou a garganta. — O pior é que tínhamos o dinheiro, mesmo naquela época. Guardei todo esse dinheiro para a aposentadoria e pra quê? Para dar a outra pessoa? Eu vivo sozinho e ainda trabalho todo dia. Nunca usarei nem metade, só vou deixar pra você. Eu deveria simplesmente te dar tudo, você saberia o que fazer com ele.

— Eu simplesmente perderia tudo — eu disse. — No mínimo, perderia.

— No fim das contas, todos nós perdemos tudo. Lembre-se disso. No fim, não somos donos de nada.

Pareceu-me estranho ouvir isso de um homem que passara toda sua vida profissional aconselhando as pessoas a guardarem seu dinheiro. Eu não sabia se meu pai tinha mudado, ou se eu simplesmente não conhecia esse seu lado. Provavelmente, ambos.

✦

Terminamos nossas panquecas, depois meu pai me levou de carro até a casa de Nicole. Ainda junto ao meio-fio ele perguntou, em sua maneira direta e pragmática:

— Tem mais alguma coisa que devemos conversar?

— Não.

— Então vou pra casa amanhã.

— Tudo bem — eu disse.

— Tudo bem — ele repetiu.

Saí do carro. Conforme fui andando pela calçada, ele abaixou o vidro.

— Filho.

Virei de volta.

— Sim?

— Eu te amo.

Olhei pra ele por alguns segundos, depois disse:

— Eu sei. Eu também te amo.

Ele engrenou o carro e foi embora.

CAPÍTULO

Vinte e seis

*É engraçado como você pode esperar
tantos anos para ouvir algumas palavras.*

Diário de Alan Christoffersen

Meu pai veio me ver mais uma vez, antes de partir. Ele novamente vestia seu casaco dos Lakers, com um boné dos Lakers. Entrou no prédio, mas não no apartamento de Nicole.

— Foi bem vê-lo, filho.

— Obrigado por ter vindo.

— Onde está Angel? Eu gostaria de me despedir.

— Nicole — corrigi. — Ela está lá dentro.

Chamei Nicole, que logo veio.

— Eu gostaria de agradecê-la por ter cuidado do meu filho — disse ele.

— O prazer é meu. E obrigado por todas as coisas que consertou aqui.

— Gosto de fazer hora. Se algum dia houver algo que eu possa fazer por você, é só ligar.

— Obrigada — agradeceu ela.

Eles se olharam por um momento, depois Nicole estendeu a mão.

— Faça uma boa viagem.

— Obrigado.

Ele colocou a mão em meu ombro.

— Venha até o carro comigo.

Eu o acompanhei até lá fora. Quando estávamos junto ao meio-fio, meu pai disse:

— Quero lhe pedir três coisas. Primeiro, pegue isso. — me entregou um pequeno celular, do tipo barato, que lhe dão quando você abre uma nova conta. — Só para emergências. Ninguém precisa saber o número e você pode mantê-lo desligado. Não vou te ligar, mas você liga, de vez em quando. Não estou dizendo diariamente, mas a cada duas semanas, só pra me dizer que está bem. Segundo, se precisar de ajuda, me procure. Eu quero que me prometa isso.

— Eu prometo — eu disse, sinceramente.

— Bom, bom. Terceiro. — ele enfiou a mão no porta-malas do carro e tirou um saquinho. — Aqui está o carregador do telefone. E tem mais uma coisa de que você vai precisar.

Olhei a caixa que ele estava me entregando.

— Um revólver?

— Nove milímetros. Está com a trava de segurança e vazia.

Empurrei-a de volta pra ele.

— Não uso armas.

— Se você vai viver na estrada, é melhor tê-la. Você nem chegou a sair de Washington e quase foi morto. Tem milhares de milhas pela frente e eu aposto que vai caminhar por lugares bem mais violentos que Spokane.

Olhei a arma, cético.

— Eu não sei.

— Se não fizer por você, faça isso por mim. Pela minha paz de espírito.

— Está ao menos legalizada?

— Está registrada em meu nome. Mas acho que seu próximo assaltante não vai ligar muito.

Segurei a arma e depois de um instante, concordei:

— Tudo bem.

— Bom. Não se esqueça das conchas. Uma caixa deve ser o bastante. — ele limpou o nariz nas costas da mão. — Vai atravessar o Colorado?

— Ainda não decidi.

— Se o fizer, passe para ver os Laidlaw. Eu não os vejo há anos.

Ele deu um passo à frente e me abraçou.

— Cuide-se. Sou feliz que você seja o meu menino.

Tudo que consegui dizer foi:

— Valeu.

Há séculos que eu queria ouvir isso.

CAPÍTULO
Vinte e sete

E entoaram os sinos, bem alto, tinindo;
Deus não está morto, nem está dormindo.
— Longfellow

Diário de Alan Christoffersen

Minha mãe dizia que o caminho mais curto para a cura é curar alguém. Eu nunca soube o quanto ela estava certa. Ao cuidar de Nicole eu quase me esqueci de minha própria perda e tristeza. Aquela época festiva deveria ter sido desesperadora, ou no mínimo melancólica e, claro, eu tive esses momentos, mas eles não definiram a temporada. Eu não me esqueci de McKale, isso seria impossível. Só encontrei um lado diferente da minha perda, focando mais na doçura do que havia do que na amargura do que não havia.

Nicole também parecia diferente, como se a retomada de seu nome tivesse mudando todo o restante a seu respeito. Pela primeira vez, desde que eu tinha voltado pra casa com ela, Nicole parou de falar sobre os horrores que encontrava diariamente em seu emprego, passando a falar dos fatos positivos, como o trabalho que a polícia estava fazendo no auxílio às crianças durante as festividades, ou as pessoas que salvavam estranhos, assumindo um risco pessoal.

Ainda assim, eu a incentivei a procurar outro emprego, mas sua resposta era sempre a mesma:

— Estudei cinema. O que eu poderia fazer?

Não estávamos mais assistindo aos filmes de sua lista, exceto pelos natalinos *Milagre da Rua 34*, *Natal Branco* e *O Natal de Charlie Brown*, mas nos mantínhamos ocupados, aproveitando ao máximo o feriado.

Fomos ver uma montagem teatral de *The Christmas Carol*, assistimos à apresentação de *The Star of Bethlehem*, no planetário, e visitamos a *Christmas Tree Elegance*, no centro de Spokane e no Davenport Hotel.

Num sábado, fomos de carro até Coeur d'Alene, na divisa de Idaho, para o show impressionante de luzes: mais de um milhão e meio de lâmpadas acima do lago.

Com exceção à nossa escapada até Coeur d'Alene, nós levamos Bill (e sua colônia Old Spice) conosco em quase tudo, incluindo uma maratona de canto em Montessori. Foi divertido ver como ele estava feliz e grato, e logo percebi que o que eu estava fazendo por Nicole, ela estava fazendo por Bill.

185

Ao longo de tudo, havia algo notavelmente sedutor quanto à negação da chama da vela de Nicole, que ia se apagando com o tempo que passávamos juntos, para acreditar em algo mais permanente. O nível de negação talvez soe familiar mas, de certa forma, todos nós fazemos isso, todos os dias.

CAPÍTULO
Vinte e oito

*Presentear com uma torta de frutas natalinas
é algo passado de geração em geração.
O motivo é que ninguém quer a torta.*

Diário de Alan Christoffersen

Noite de Natal. Christine tinha pegado um voo para sua casa, em Portland, passar o Natal com a família, mas Bill ficou conosco. Nós três tivemos um belo jantar de presunto com batatas gratinadas, aspargos e salada de frutas. Bill trouxe uma torta de frutas, o que me fez lembrar o que Johnny Carson dizia sobre tortas de frutas:

— Só existiu uma torta de frutas já feita e, em todo Natal, ela é passada ao redor do mundo.

Depois do jantar, trocamos os nossos presentes. Eu dei a Nicole uma coletânea dos filmes de Alfred Hitchcock e um vale para um ano de pipoca de micro-ondas. Ao Bill, dei um vidro de colônia Old Spice. Ele acariciou o frasco como se fosse um bom vinho.

— Como soube que eu gosto disso? — perguntou.

— Palpite de sorte— respondi.

Nicole deu-lhe o porta-retratos de prata.

— Acho que é o porta-retratos mais bonito que eu já vi — disse ele.

— Pensei que você poderia colocar uma foto da June.

Seus olhos se encheram de lágrimas e seu queixo começou a tremer um pouquinho. Tudo que conseguiu dizer foi:

— Obrigado.

Nicole me deu algo menos sentimental: um par de tênis Nike e sete pares de meias atléticas de lã.

A neve caía devagar, cobrindo o mundo com um ar sereno e calmo, quando fomos levar Bill até seu carro. Ele apertou minha mão, depois se virou para Nicole.

— Obrigado, minha querida. Sua amizade significa mais pra mim do que eu jamais poderei expressar. Deus te abençoe.

— Deus te abençoe, Bill. E Feliz Natal. Não se esqueça que temos *brunch* amanhã. Vamos buscá-lo por volta das onze.

— Não vou comer nada antes.

— E não se esqueça também da nossa festa de embalo, no Ano-Novo. Estou contando em vê-lo chutar o balde.

Ele riu com vontade.

— Ah, isso seria uma cena e tanto. Estarei aí, a menos, é claro, que eu esteja cansado demais. Vocês, jovens, me fazem ficar acordado até muito tarde. Não faço isso há anos.

— É bom pra você — disse Nicole.

— Vou acreditar em sua palavra. — ele se inclinou à frente e beijou-a no rosto. — Boa noite.

Enquanto ele saía, Nicole pegou minha mão.

— Ele é um velhinho tão meigo.

— Acho que você não faz ideia do quanto é importante pra ele — eu disse.

— É mútuo. É bom ter um...

— Pai? — perguntei.

— Uma figura paterna — disse ela, sorrindo. Ela continuou segurando minha mão. — Tenho um presente pra você.

— Você já me deu um presente.

— Não, aquilo era uma necessidade.

De volta lá dentro, ela me disse pra sentar no sofá, enquanto correu até seu quarto. A árvore de Natal iluminava a frente da sala, com suas luzes piscando em sincronia.

Depois de alguns segundos ela voltou com um pacote.

— Certo, então, é difícil e fácil presenteá-lo. Por um lado, o que se dá a um homem que não tem nada?

— Qualquer coisa — eu disse.

— Exatamente. Por outro lado, o que se dá a um homem que carrega sua casa nas costas? — a expressão dela se abrandou. — Ou um homem que lhe salvou a vida? — ela me entregou uma caixa. — De qualquer forma, espero que goste.

Desembrulhei e apareceu uma caixa de joias de veludo. Abri a tampa. Dentro havia uma medalha de São Cristóvão.

— São Cristóvão é o santo patrono dos viajantes — disse ela. — Gostou?

Ergui a medalha de ouro branco pela corrente.

— É linda. — abri o fecho da corrente e coloquei em volta do pescoço. O pingente caiu sobre o meu peito.

— Espero que você pense em mim toda vez que senti-la junto ao peito.

— Pensarei — respondi, e me inclinei para dar um beijo em seu rosto.

Subitamente, ela disse:

— Ei, que tal um pouco de *eggnog*?

— Você vai mesmo me acompanhar numa taça?

— Não, mas fico olhando.

— Já está bom. — eu ri.

CAPÍTULO
Vinte e nove

O maior presente que recebi
neste Natal foi a Paz.

✦ Diário de Alan Christoffersen ✦

O dia de Natal foi alegre e tranquilo. Pouco antes do meio-dia nós fomos buscar Bill, depois seguimos de carro até o centro da cidade, para o *brunch* natalino em Davenport, que Bill fez questão de pagar.

— Estou começando a me sentir um caso de caridade — disse ele.

Depois da refeição, voltamos ao apartamento e passamos o resto do dia jogando cartas, até que Bill ficou cansado e nós o levamos pra casa.

No caminho de volta, Nicole perguntou:

— Como foi o seu Natal?

— Foi ótimo.

Olhei pra ela, que estava sorrindo.

— Isso é incrível, não é? Achei que a essa altura eu seria uma suicida. Em vez disso, sinto paz. Posso lhe dizer algo terrível?

Olhei-a, curioso.

— O quê?

— Ainda bem que você foi esfaqueado. — ela cobriu a boca com as mãos.

Só a olhei, depois caí na gargalhada.

— Também acho.

Na manhã seguinte Nicole teve que voltar a trabalhar. Eu me dediquei às minhas caminhadas, às quais não estava me dedicando tanto ao longo das festividades. Caminhei onze quilômetros e pude sentir isso em minhas pernas. Voltei, tomei banho, depois passei o resto do dia em casa, esperando Falene.

Falene chegou por volta das duas e meia, dirigindo um modelo mais antigo de BMW e desceu do carro de óculos Chanel, com um vestido justo, tipo suéter.

— Alan! — ela gritou.

— E aí?

Ela subiu a calçada correndo e nós nos abraçamos.

— Mas que bom te ver — disse, beijando meu rosto. — Senti sua falta.

— Também senti a sua — eu disse. — Você já almoçou?

— Andei tomando umas Cocas *diet*.

— Como sempre. Quer comer um hambúrguer?

— Ah, sim, comida de verdade. Por favor. — ela me deu a chave. — Você dirige.

Seguimos até o Wendy's, onde pedi uma salada e ela, um cheeseburguer duplo, batata frita gigante e um *milk-shake* de chocolate, com uma Coca *diet* pra contrabalançar.

— Fico farta de me obrigar a passar fome — disse ela — Às vezes preciso simplesmente ter uma forra.

— Como está Seattle? — perguntei, roubando uma de suas batatas fritas.

— Chuvosa — disse ela. — Chove, chove, depois chove mais.

— Você deve amar aquela chuva. Falando em tempestades, conte-me sobre Ralph e Kyle.

Falene sorriu.

— Você realmente emendou o assunto por acaso?

— Claro.

— Você ainda continua brilhante. Bem, eu lhe disse que eles se separaram. Mas o negócio fica ainda melhor — disse ela. — Ou piora, dependendo de que lado você está. A esposa do Ralph finalmente descobriu que ele a traía.

— Talvez eu tenha algo a ver com isso.

— Você contou pra esposa dele?

— Não, eu dei de cara com o Ralph e a Cheryl, no estreito de Stevens. Eles não me reconheceram, porque eu estava de barba e óculos escuros, mas fiz um comentário para ele sobre traidores.

Ela sacudiu a cabeça.

— Bem feito pra ele, o doninha. O Ralph não era nada até você contratá-lo, e ele trama por trás das suas costas pra roubar a sua agência.

— E quanto ao Kyle?

— Sabe como ele sempre se gabava de conseguir passar o papo e se safar de qualquer situação?

— Sim.

— Bem, aparentemente, chega uma hora em que as pessoas esperam resultados. Vamos encarar os fatos, todo o talento da Madgic era seu. Eles podem ter roubado seus clientes e seus troféus da parede, mas não podem levar sua criatividade. Era só uma questão de tempo até que o caldo entornasse. — ela deu um gole no *milk-shake* — Eu preciso lhe dizer, você caminhou um pedaço e tanto. Fiquei cansada só em dirigir até aqui.

— Eu só comecei.

— Você vai mesmo caminhar o percurso inteiro?

— Ainda estou pretendendo.

— Então, como é ser esfaqueado?

— Dói.

Um sorriso surgiu no rosto dela.

— Até aí eu imaginei. Ainda está doendo?

— Não. Tem um pouco de dormência, mas não é nada, comparado ao que era.

— Posso ver?

— Claro. — ergui a camisa para mostrar os ferimentos. Eu tinha removido os curativos há várias semanas, portanto, só restaram as três cicatrizes recentes.

Ela fez uma careta.

— Pobrezinho. Você deveria ter ficado comigo.

— Eu tinha que deixar Seattle.

Nesse momento passou um cara encarando Falene, como se seus olhos tivessem sido capturados pelos faróis de um trator. Eu tinha me esquecido que era sempre assim, quando eu estava com ela. Ela nem notava mais.

— Onde você conheceu a Nicole? — perguntou ela.

— Cruzei com ela, quando caminhava. Ela estava com um pneu furado e eu parei pra ajudar.

— Sempre o bom samaritano, não é?

— Nem sempre.

— Da próxima vez que acontecer alguma coisa, você me liga.

— Prometo que da próxima vez que eu for esfaqueado vou ligar primeiro pra você.

Ela sorriu.

— Como vai indo a venda das minhas coisas?

— Bem. Acho que vamos levantar mais uns vinte mil dólares com os móveis, antes de terminarmos.

— Não tenho como agradecer por tudo que você fez.

— Você pode começar mantendo contato. Toda semana.

— Prometo.

— E quando você chegar à Key West, eu quero estar lá.

Olhei pra ela e sorri.

— Deixe-me pensar sobre isso.

— Tudo bem — disse ela — Pense a respeito.

Falene e eu ficamos sentados conversando por quase duas horas e meia, bastante tempo depois que o gelo tinha derretido em sua Coca e o sol começara a se pôr. Depois seguimos ao centro da cidade para ver as luzes natalinas.

O carro de Nicole estava na frente de casa, quando chegamos. Encostei atrás e nós descemos. Levei Falene até a casa e abri a porta do apartamento.

— Nicole — eu gritei. — Chegamos.

Falene entrou no apartamento atrás de mim.

Nicole entrou na sala da frente, vindo do corredor.

— Nicole, esta é Falene.

— Oi — disse Nicole, estendendo a mão. — É um prazer conhecê-la.

— O prazer é meu — disse Falene.

— Vou com Falene para ela dar entrada num hotel, depois vamos jantar. — eu disse — Quer vir?

— Não, tenho certeza que vocês têm muito papo para pôr em dia.

— Temos tempo de sobra pra isso — eu disse — Venha.

— Sim, venha — disse Falene. — Será divertido.

— Na verdade — disse ela — Eu já tenho um programa.

Olhei-a, surpreso.

— É mesmo? Com quem?

— Bill. Nós vamos ver as esculturas de gelo no Candlelight Park.

— Que romântico — disse Falene.

Comecei a rir.

— Bill é o senhorio dela. Ele tem, tipo, uns noventa anos.

— Ah, é? — atalhou Falene. — Não se pode ser romântico aos noventa?

Nicole sorriu.

— Exatamente. Além disso, ele só tem oitenta e sete — disse, alegremente. — E será romântico. Bill é um verdadeiro cavalheiro.

— Peço desculpas — eu disse — Divirtam-se.

Falene e eu caminhamos até o meio-fio. Abri a porta pra ela, depois dei a volta até minha porta. Olhei novamente para trás. Nicole estava em pé, na janela, observando-nos. Ela acenou. Acenei de volta, entrei no carro e nós seguimos para jantar.

CAPÍTULO

Trinta

OK?

✦ Diário de Alan Christoffersen ✦

Falene se registrou no Davenport Hotel e nós decidimos simplesmente ficar e comer no Palm Court Grill, no lobby do hotel. O restaurante era tranquilo e nós sentamos num canto distante de todos, o que foi bom, já que rimos tanto.

Foi legal rir novamente. Acho que Falene se lembrou de todas as piadas divertidas de nossa época juntos, incluindo a minha campanha do dia da mentira, para a rádio KBOX 107,9. Eu criei uma série de *outdoors* falando de partes do corpo, como:

MARK TEM UM *OUVIDO* PARA O SUCESSO

As palavras estavam posicionadas ao lado de uma foto ampliada da orelha de Mark. Também tinha:

DANNY TEM FARO PARA SEUS SUCESSOS PREDILETOS

As palavras apareciam ao lado de uma foto do nariz de Danny. Tudo bem, não foi a minha melhor campanha, mas fiz meu trabalho.

Como a campanha estava programada para estrear no dia 1º de abril, como uma pegadinha, mandei a gráfica trocar o texto de um dos cartazes de Danny e o levei pessoalmente até a estação de rádio. Ele estava sentado quieto quando expus o quadro. Ao lado de um close de seu nariz estavam as palavras:

DANNY TIRA MELECAS DA PROGRAMAÇÃO

E expressão dele foi inestimável. Depois eu lhe disse que tinha tomado uma decisão executiva e mudado as trinta fotos, no último minuto.

— Elas estão sendo colocadas nos *outdoors*, nesse momento.

Achei que ele ficaria com falta de ar. Mesmo depois que eu disse que era brincadeira, ele levou meia hora pra se acalmar. Falene quase engasgou com sua bebida, relembrando a experiência.

— Foram alguns momentos muito bons — eu sorri.

Falene concordou.

— Foram muitos momentos bons.

Conforme a noite avançava, nossa conversa foi ficando mais devagar e nós começamos a falar sobre as questões de mais peso: nossos últimos dias juntos.

— Fiquei muito preocupada com você, no enterro de McKale — disse Falene. — Eu te vi ali sozinho, ao lado do caixão, na chuva. — ela abaixou os olhos. — Meu coração estava partindo.

— Você era a única ali pra mim.

Ela hesitou.

— Eu estava com muito medo que você se matasse.

— Honestamente — eu disse, baixinho — Eu também. — estiquei o braço e peguei a mão dela. — Não sei o que eu teria feito sem você.

— Fico contente de ter estado ali pra você.

O momento caiu num silêncio suave. Depois de um instante, eu disse:

— Você deve estar cansada, não?

— Estou, um pouquinho. Eu não dormi bem ontem à noite.

— Vou deixá-la ir. Foi bom vê-la.

— Você também.

Ela se levantou.

— Ainda preciso pegar sua assinatura naqueles papéis para a declaração de imposto de renda. Devemos fazer isso esta noite ou de manhã?

— Pode ser de manhã — eu disse. — Quando você vai embora?

— Estava pensando em amanhã à tarde. Meu irmão acabou de sair de um tratamento de reabilitação e está morando comigo.

— Sempre a boa samaritana.

— Nem sempre — disse ela. — Vamos tomar café, por volta das dez?

— Ótimo. Boa noite, Falene.

— Boa noite. — ela se inclinou à frente e me beijou no rosto, depois virou e seguiu pelo corredor. Várias cabeças masculinas viraram, conforme ela passou. Ela virou mais uma vez e acenou pra mim.

Um dos homens disse, quando me viu passar:

— Você é um cara de sorte.

Eu fui embora sem dizer nada. Nós últimos dois meses eu tinha perdido minha esposa, minha empresa, minha casa e fui esfaqueado e dado como morto. E agora sou um "cara de sorte". Comecei a rir, a caminho do carro.

CAPÍTULO
Trinta e um

OK?

Diário de Alan Christoffersen

Na manhã seguinte, fui buscar Falene no hotel. Ela já tinha feito o *check-out* e estava em pé, com a bagagem perto da porta da frente. Joguei suas coisas no banco traseiro de seu carro, depois dirigi até a mesma IHOP do dia anterior. Nossa conversa foi leve. Ela me disse que uma grande agência de publicidade a descobrira e queria que ela se mudasse para Nova York.

— Você vai, não é? — perguntei.

Ela pareceu inquieta.

— Não sei. Neste momento meu irmão precisa de mim. Vamos ver.

Depois que acabamos de comer, assinei os papéis e Falene me levou de volta à casa de Nicole. Nós encostamos junto ao meio-fio e Falene engrenou o ponto morto.

— Obrigado por ter vindo — eu disse. — Foi ótimo ver você.

— Foi ótimo ver você também — respondeu ela. — Esse será um ano melhor pra você.

— Isso não é ter grandes expectativas.

— Acho que não — ela riu, afastando o cabelo do rosto. — Não se esqueça, você precisa decidir se eu posso encontrá-lo em Key West.

— Eu te aviso.

— E vai ligar toda semana.

— Toda semana. Prometo.

Nós nos abraçamos.

— Cuide-se, Alan.

— Você também.

Saí do carro e acenei, da calçada. Ela deu um tchauzinho de volta e partiu. Depois que o carro virou a esquina, eu caminhei ao apartamento. Falene realmente era adorável. Fiquei imaginando quando a veria outra vez.

CAPÍTULO
Trinta e dois

*Existe uma maldição chinesa que diz: que você viva durante
momentos interessantes. Como eu ficaria contente
em dar as boas-vindas a um ano tedioso!*

Diário de Alan Christoffersen

A noite de Ano-Novo é uma noite de bebedeira, quando os despachantes de polícia estão recebendo as ligações com a mesma intensidade de uma telefonista dos anos cinquenta. Nicole trabalhou até oito da noite, quando "as coisas começaram a ficar interessantes", segundo ela.

Bill deveria chegar às oito e meia, mas não veio. Isso não nos surpreendeu, já que ele ligou para Nicole mais cedo e disse que se sentia meio indisposto e talvez fosse dormir para passar.

— Vocês jovens estão me exaurindo como a uma mula alugada — disse ele.

Christine já tinha voltado de Portland e chegou por volta das seis para me ajudar a fazer *donuts*, uma das tradições preferidas que eu compartilhava com McKale. Enrolamos e cortamos a massa, depois colocamos na mini-fritadeira. Quando estavam dourados de um lado, nós virávamos. Depois colocávamos em toalhas de papel espalhadas pela cozinha. Fizemos quase dez dúzias, o suficiente para durar meses.

Quando penso naquela noite, imagino que nossa festa não tenha sido tanto para celebrar um Ano-Novo quanto foi para descartar o velho — um ano que nem eu, nem Nicole jamais esqueceríamos, por mais que quiséssemos. Uma comemoração de Ano-Novo era a melhor forma que eu podia pensar para cravar uma estaca no coração do ano passado.

Conforme o relógio marcava a contagem regressiva, todos nós sentamos no sofá e assistimos Dick Clark na Times Square anunciando o Ano-Novo. À meia-noite, os vizinhos saíram de seus recantos habitualmente pacatos para acender fogos e bater em panelas.

— Feliz Ano-Novo — eu desejei às mulheres.

— Feliz Ano-Novo pra você também — respondeu Nicole. — E pra você, Christine.

— E pra vocês também — emendou Christine. — Espero que o próximo Ano-Novo nos encontre juntos assim.

Eu dei uma olhada para Nicole.

— Isso seria legal..

Nicole sorriu.

— Seria legal.

Nicole e eu dormimos até tarde na manhã seguinte. Era sábado e ela estava de folga. Levantei antes dela, fiz *waffles* belgas com chantili Reddi-wip e fatiei morangos, depois fui chamá-la para tomarmos café. Ela veio comer de pijama.

— Eu realmente preciso mantê-lo por perto — disse. — Talvez eu tenha que esfaqueá-lo de novo.

Fiz uma careta.

— Agora você está me assustando.

Quando nós terminamos de comer, Nicole sugeriu:

— Precisamos levar uns *donuts* para o Bill e desejar-lhe Feliz Ano-Novo.

— Temos de sobra pra dividir — eu disse. — Vou colocar alguns num saco.

Bill morava perto do hospital, num bairro mais antigo e prestigiado chamado South Hill. Ele tinha um casarão de tijolinhos, cercado de sempre-vivas. Sua caminhonete estava estacionada na entrada da garagem e Nicole e eu caminhamos juntos, subindo o caminho de pedras até sua varanda da frente. Nicole tocou a campainha, mas ele não atendeu. Depois de alguns minutos, ela bateu na porta, e ainda não houve resposta. Ela se virou pra mim.

— Você se importaria em checar pra ver se ele está na garagem, ou no quintal dos fundos?

— Sem problemas.

Contornei a lateral da casa, mas a garagem estava trancada e seu quintal estava cheio de neve, que havia se acumulado pelo pátio. Quando eu estava caminhando até a porta dos fundos, ouvi Nicole gritar. Corri até a frente da casa. A porta estava aberta e Nicole lá dentro, tentando reanimá-lo.

— Chame a polícia — ela pediu.

Encontrei o telefone da cozinha e liguei.

— Qual é o endereço? — eu gritei para Nicole.

— Rua Yuma, 2.213.

Depois que desliguei, caminhei até ela e ajoelhei ao seu lado. Coloquei a mão no pescoço de Bill para checar o batimento. Não tinha. Seu corpo estava frio. Olhei pra ela.

— Ele está morto, Nicole.

Ela continuou a apertar seu peito.

— Nicole, ele está morto.

— Eu sei — soluçou.

Ela parou de apertar, cobriu os olhos e caiu em prantos.

CAPÍTULO
Trinta e três

*Só podemos perder aquilo
que primeiro reivindicamos.*

Diário de Alan Christoffersen

Nicole saiu da casa, sentou no carro e chorou, sem conseguir ficar na mesma sala que o corpo de Bill. Meu coração estava mais pesaroso por ela do que por ele. Eu tinha certeza que ele estava onde queria estar. Fiquei lá fora esperando o pessoal da emergência e os levei até lá dentro, quando chegaram. Depois de examinarem Bill eles não fizeram qualquer tentativa de reanimá-lo.

— Quando foi a última vez que você o viu vivo? — perguntou o paramédico.

— Minha amiga o viu alguns dias atrás.

— Já faz um tempo que ele morreu.

Nicole e eu passamos o resto do dia providenciando as coisas, por conta da morte de Bill. Os paramédicos ligaram para o legista, que veio rapidamente e logo o levaram. Nicole olhou os pertences de Bill, à procura de alguém para ligar.

Enquanto ela procurava por uma informação de contato, desci para ver o conjunto de trens do qual ela me falava tanto. O circuito ferroviário de Bill era realmente notável. Era construído em placas grossas e elevado, medindo cerca de três por seis metros, com dezenas de metros de trilhos, túneis e cidadezinhas em miniatura, com edificações plásticas.

Bill tinha deixado o circuito ligado e eu puxei uma alavanca que acionou uma pequena locomotiva, fazendo-a seguir seu caminho pela paisagem lilliputiana. *Então, era assim que o velhinho passava seu tempo*, pensei.

Depois de procurar por um tempo, Nicole encontrou um cartão de visitas do advogado de Bill, Larry Snarr. Felizmente, o cartão mostrava um telefone celular, para o qual ela imediatamente ligou e ele atendeu. Ela contou a Snarr sobre a morte de Bill e ele disse que cuidaria de tudo.

Naquela tarde, Snarr ligou de volta para Nicole.

— Acabei de receber uma ligação do legista — disse ela, baixinho. — Bill morreu de um ataque fulminante do coração, provavelmente cerca de quatro ou cinco horas da madrugada, na noite de Ano-Novo.

— Já está tudo providenciado com a funerária. Ele não queria velório. Ele me disse que ninguém iria, então o agente funerário simplesmente o enterraria.

— Isso não parece certo — disse Nicole. — Será que não poderíamos ter ao menos uma pequena cerimônia, ao lado do túmulo?

— Você pode combinar com a funerária — respondeu Snarr. — Ele está na Larkin. E, se você resolver fazer, eu estarei lá.

Bill foi enterrado dois dias depois, numa sepultura ao lado da esposa. A funerária tirou a neve do túmulo e o caixão foi colocado acima do solo para nossa cerimônia improvisada. Nicole perguntou se eu podia falar algo, mas eu declinei. O enterro de McKale ainda estava muito recente.

Naquele dia, éramos apenas quatro: Nicole, Christine, Snarr e eu. Nós nos reunimos na paisagem gelada ao redor da sepultura, com nossa respiração congelando. Nicole tinha comprado uma guirlanda natalina, que ela colocou sobre o caixão. Disse:

— Eu só queria dizer o quanto sou grata por ter tido a chance de conhecer Bill. Tenho certeza de que ganhei muito mais com a nossa amizade do que ele. Nunca me esquecerei de seu amor e lealdade pela esposa. E fico contente que ele e sua querida possam se reencontrar.

Então Nicole perguntou se algum de nós queria dizer algo. Em princípio, eu sacudi a cabeça, mas depois disse:

— Eu realmente gostava de Bill. Ele tinha um bom coração.

Então me senti um idiota, pensando, *se ele tivesse um bom coração, ainda estaria vivo.*

Christine disse:

— Bill foi muito bom comigo. Ele estava preocupado que eu talvez escorregasse no gelo, então colocava um pouco mais de sal na calçada. Pode parecer só uma coisinha, mas isso fez com que eu me sentisse segura. Fico contente que eu tenha passado o Dia de Ação de Graças com ele.

Snarr disse:

— Ele era um homem honroso.

Foi isso. A caminho de casa, Nicole disse:

— Estou pensando se eu terei que me mudar.

— Por que você teria que se mudar? — perguntei.

— Novos proprietários.

— Eu não começaria a fazer as malas — eu disse. — Tenho certeza que vai demorar algum tempo até que algo aconteça. Além disso, a casa foi dividida em apartamentos. Quem comprar irá precisar de inquilinos.

— Espero que você esteja certo — disse ela. — Não quero me mudar.

Três dias depois eu estava fazendo meus exercícios aeróbicos na sala quando alguém bateu na porta. Era Snarr, o advogado.

— Nicole está? — perguntou ele, do *lobby*.

— Ela está no trabalho.

— Preciso falar com ela a respeito da propriedade do Sr. Dodd. Sabe quando ela estará em casa?

— Ela geralmente chega por volta de cinco e meia.

— Teria problema se eu voltasse esta noite, por alguns minutos?

— Não, acho que tudo bem.

— Então, muito bem. Eu o verei à noite.

Nicole chegou em casa na hora. Contei-lhe sobre a visita de Larry Snarr, assim que ela entrou pela porta, e que ele provavelmente chegaria a qualquer minuto.

— Ele disse o que queria? — ela perguntou.

— Disse que queria falar com você sobre a propriedade do Bill.

— Ele vai nos botar pra fora — disse ela, secamente. — Ou aumentar o aluguel. Não sei onde vou encontrar outro lugar a esse preço.

— Você não sabe disso. Espere para se preocupar — eu disse. — Espere para se preocupar.

Alguns minutos depois das seis Snarr encostou diante da casa, numa Mercedes-Benz antiga. Ele estava com um sobretudo de lã e cachecol, e carregava uma pasta de couro. Subiu a escada e eu o encontrei no *hall* do prédio.

— Entre.

Nicole o recebeu na porta e apontou o sofá.

— Sente-se.

— Obrigado — disse ele.

Snarr e eu nos sentamos em pontas opostas, enquanto Nicole sentou na poltrona de frente para nós.

— Do que se trata? — perguntou ela, ansiosa.

Snarr abriu a pasta.

— Eu sou o inventariante do testamento de William Dodd.

— Nicole está no testamento? — perguntei.

— Na verdade, Nicole é a única herdeira do Sr. Dodd. — Ele se virou para ela. — Bill deixou tudo pra você.

— O quê? — perguntou Nicole.

Snarr abriu a pasta e tirou um dossiê.

— Esses documentos detalham todo o patrimônio do Sr. Dodd. Incluem investimentos, apólices de seguro de vida e várias propriedades alugadas, incluindo esta aqui. Todo o seu patrimônio está avaliado em aproximadamente três milhões e seiscentos mil dólares.

Nicole resfolegou.

— Você está brincando? — eu disse.

— Não, senhor.

— Mas por que eu? — perguntou Nicole, incrédula.

— Na verdade, a mudança foi feita apenas duas semanas atrás. Ele lhe deixou uma carta que talvez explique as coisas. — Snarr tirou vários documentos da pilha que segurava. — Vou precisar de algumas assinaturas suas e, como descrito no testamento, irei deduzir meus honorários do patrimônio, antes de despender os fundos. — entregou a ela vários papéis. — Marquei os locais a serem assinados.

Ela assinou os documentos e os devolveu. Snarr os colocou na pasta, depois entregou um envelope pardo.

— Aqui está a carta que o Sr. Dodd lhe deixou.

— Obrigada — disse Nicole.

Snarr levantou, pegando a maleta.

— Não por isso. — entregou um cartão de visitas a Nicole. — Se tiver alguma pergunta, por favor, sinta-se à vontade para me ligar a qualquer hora.

Nicole o acompanhou até a porta.

— Obrigada por ter vindo.

— Foi um prazer. Estou indo. — despediu-se.

Ela fechou a porta atrás dele, depois virou de volta e abriu o envelope. Dentro havia um bilhete escrito à caneta, com uma letra trêmula.

Querida Angel,

Espero que não se importe que eu lhe chame assim. Certamente é aplicável. Se você está lendo isso, então fique feliz por mim, pois finalmente estou com minha família outra vez.

Os últimos dois anos têm sido difíceis para mim. Desde que perdi minha querida eu fico deitado na cama fria, à noite, ouvindo as enfermidades de minha idade e torcendo para que me alcancem. A pior enfermidade de todas é a solidão. Como você sabe, June faleceu há vários anos. Meu único filho, Eric, morreu há quase vinte anos. Meus dois irmãos e minha irmã também faleceram, assim como a maioria dos meus amigos. Não tenho ninguém. Ou não tinha, até o último Dia de Ação de Graças, quando você me estendeu a mão. Pode parecer algo pequeno, convidar um velho para fazer parte de sua mesa, mas, para mim, foi tudo. No dia seguinte, acordei feliz, pela primeira vez, depois de anos. Mas você não parou ali. Você me incluiu em todas as suas atividades. Mesmo com aquele jovem com quem mora, você me levou junto. Fez com que eu voltasse a me sentir vivo. Foi minha amiga.

Espero que você aceite meu presente como um símbolo da minha amizade. Se você quiser, gostaria que o estendesse à Christine, concedendo-lhe a gratuidade do aluguel até que ela se forme na faculdade. Do fundo do meu coração, obrigado. Você fez um velho voltar a sorrir.

Deus te abençoe.

Bill

CAPÍTULO
Trinta e quatro

O perdão é a chave das algemas do coração.

Diário de Alan Christoffersen

Não surpreende que Nicole tenha ficado oprimida por tudo aquilo.

— Não entendo nada de fundos de investimentos, nem de propriedades. Como vou lidar com tudo isso? — perguntou ela. — Você me ajuda?

Eu quase ri.

— Seria um cego levando outro. Mas conheço o homem que pode ajudá-la.

— Quem?

— Meu pai. O homem sabe lidar com dinheiro.

— Isso seria perfeito — ela disse, aliviada.

Meu pai tinha o único número programado no telefone celular que me deu, algo que ele mesmo fizera. Liguei e contei sobre o golpe de sorte de Nicole. Ele ficou satisfeito e contente em ter sua ajuda solicitada.

— Adoro quando coisas boas acontecem com gente boa — disse ele.

Nicole foi trabalhar no dia seguinte e deu seu aviso prévio de duas semanas. Alguns dias depois fui com ela até o escritório da Universidade Gonzaga, onde fez sua matrícula e se registrou para o semestre da primavera. Ela finalmente iria concluir seus estudos em literatura americana. Também começou a escrever um novo roteiro que eu achei promissor.

— É a história de uma jovem despachante policial que se envolve na vida de alguém que conhece através de um crime. — contou ela.

Achei que ela provavelmente começaria a procurar uma casa maior, mas não o fez.

— Não quero mudanças demais em minha vida, neste momento — disse. — Vou dar pequenos passos.

— Isso parece algo que meu pai diria.

— Na verdade, ele disse — respondeu ela.

Os três meses seguintes foram repletos de tantas mudanças significativas que o tempo passou voando. Nicole era realmente uma nova pessoa ou, mais precisamente, voltara a ser ela mesma. Adorou voltar a estudar, e ela e Christine começaram a revezar caronas, deixando o carro comigo durante o dia, então eu saía mais e passava vários dias da semana na biblioteca de Spokane.

Em meados de janeiro, Nicole ligou para sua irmã, Karen, que ficou aliviada em ter notícias dela e se desculpou por não apoiá-la durante o acidente e enterro de Aiden.

— Eu estava num estado mental muito maluco — disse Karen. — Mas não há desculpa para que eu não estivesse lá pra você. Espero que possa me perdoar, de alguma forma.

— Eu te perdoo — respondeu Nicole.

Essas três palavras tiveram um efeito milagroso nas duas.

Elas combinaram de se encontrar durante o verão e dividir uma casa em Bullman Beach, em homenagem aos velhos tempos.

Enquanto esperava o clima melhorar, dediquei-me ao treinamento físico. Caminhava duas vezes por dia, ou nadava no centro comunitário, quando o tempo estava ruim.

Tinha olhado meu atlas rodoviário tantas vezes que podia recitar as cidades por onde passaria, a caminho de Dakota do Sul.

Minha massa muscular tinha voltado e a dor que eu havia superado era apenas uma lembrança ruim. Estava ficando ansioso para partir e a cada novo dia eu sentia que meu próprio caminho me chamava.

Spokane teve um inverno brando naquele ano e, por volta de março, a neve do solo já tinha derretido completamente. Todo dia assistia às previsões meteorológicas e Nicole assumira a tarefa de ligar para o Parque Nacional de Yellowstone para verificar as condições da estrada.

Numa tarde de sábado, 19 de março, tinha acabado de concluir minha caminhada matinal quando encontrei Nicole sentada nos degraus de seu prédio, esperando que eu voltasse.

O Caminho   227

— E aí? — cumprimentei.

— Como foi sua caminhada? — ela perguntou. Parecia aborrecida.

— Boa. — respondi, intrigado. — O que há de errado?

— Eu não quero lhe contar.

— Contar o quê?

— Se responder a essa pergunta eu terei contado, e é precisamente o que não quero fazer. — ela levantou e caminhou lá pra dentro. Fui atrás.

— Já que eu não faço a menor ideia do que você está falando, talvez seja bom você me contar.

— O portão leste de Yellowstone está aberto.

— Ah — eu disse.

— Ah — ela ecoou.

Ficamos em silêncio por um momento.

— Quando você vai partir? — tornou a falar.

— Preciso de uns dias.

Ela abaixou os olhos.

— Tudo bem. Então temos alguns dias. Como você quer passá-los?

— Quero fazer alguns preparativos. — falei.

— Mais alguma coisa?

— O que você quer fazer?

— Não me importa. Contanto que eu esteja com você.

CAPÍTULO
Trinta e cinco

*Não acho que seja tanto uma fraqueza humana,
nem uma tragédia humana, o fato de não conseguirmos
compreender a beleza de algo até depois que se foi.*

✦ Diário de Alan Christoffersen ✦

Na terça-feira acordei com cheiro de bacon e café. Vesti minha calça de moletom e saí do quarto. Nicole estava na cozinha. Ela tinha preparado o café da manhã pra mim.

— Bom dia, desertor.

— Bom dia.

— Gostaria de um pouco de café, senhor Abandono?

Eu sorri.

— Isso é necessário?

— Acho que sim, senhor Saída. Que tal ficar até amanhã?

— Você vai dizer a mesma coisa amanhã.

— É a mágica do amanhã. Ele nunca chega.

Sentei-me e ela se sentou de frente pra mim.

— Até onde você está pretendendo caminhar hoje? — perguntou.

— Eu queria ir até Coeur d'Alene, mas provavelmente vou acabar parando perto da divisa, entrando em Idaho.

Ela pegou um pedaço de bacon e deu uma mordida.

— Mas que aventura.

Quando a olhei, dei-me conta de que estávamos juntos há quase cinco meses. Era difícil acreditar que ela não estaria ali todo dia. A ideia me deu um aperto no coração. Momentos difíceis formam relacionamentos ímpares e nós nos tornáramos mais próximos que amigos. Ela era a irmã que eu nunca tive.

Seus olhos começaram a marejar.

— Você não faz ideia do quanto sentirei sua falta — disse ela, baixinho.

Depois do café da manhã tomei banho e fiz a barba, prezando a água quente da qual eu seria privado, depois fui ao meu quarto checar novamente as coisas na mochila. Quando estava pronto, coloquei meu chapéu Akubra e carreguei a mochila até a sala.

— Chegou a hora — anunciei.

Nicole saiu de seu quarto. Seus olhos estavam vermelhos e inchados. Ela pegou minha mão e nós caminhamos juntos, parando na porta da frente da casa.

— É melhor eu não ir lá pra fora — disse ela. — Senão vou ficar te seguindo.

Recostei a mochila na parede e peguei as mãos dela. Havia uma sensação de doce embaraço no ar, como glacê na tristeza. Olhei em seus olhos.

— Então, você descobriu por que voltou pra me ajudar?

— Talvez eu apenas seja o tipo de garota que salva cachorrinhos perdidos.

Apertei as mãos dela, que disse:

— Percebi que os momentos mais felizes da minha vida foram quando eu estava cuidando de alguém: do meu Aiden, de você, depois de Bill. Vou sentir falta de ter alguém para cuidar.

— Tenho a impressão de que isso não vai durar muito.

— Por que diz isso?

— O mundo está cheio de cachorrinhos perdidos.

— Você está com seu São Cristóvão?

— Sim — eu disse, puxando a corrente de dentro da camisa.

Por um instante, nós apenas olhamos nos olhos um do outro, depois ela subitamente jogou os braços ao meu redor, mergulhando a cabeça no meu peito. E começou a chorar novamente.

— Você vai me ligar quando chegar a Key West?

— Certamente.

Ela ergueu os olhos pra mim.

— Por favor, não se esqueça de mim.

Limpei uma lágrima de seu rosto.

— Como eu poderia fazer isso?

— Você vai ficar zangado comigo se eu ligar uma hora dessas? Prometo que não vou ficar espreitando.

— Você liga, se precisar de alguma coisa. E lembre-se de deixar meu pai ajudá-la.

Ela ficou me olhando, com as lágrimas escorrendo pelo rosto.

Beijei sua testa e ela mergulhou novamente o rosto em meu peito.

— O que eu teria feito sem você?

Eu fiquei abraçado a ela, em silêncio. Não que não houvesse nada a ser dito. Havia tanto que as palavras eram substitutas pobres para nossos sentimentos. Acho que uns dez minutos se passaram até que ela suspirou e deu um passo atrás.

— Vou deixá-lo ir — disse ela, baixinho.

Peguei minha mochila e a ergui até o ombro. Nicole ficou de braços cruzados, ocasionalmente limpando uma lágrima do rosto.

Respirei fundo e disse

— A gente se vê.

— A gente se vê. — despediu-se.

Caminhei até lá fora e estava sozinho outra vez.

CAPÍTULO
Trinta e seis

Ontem à noite caiu a ficha da eminência da minha partida.
Meus antigos companheiros, a solidão e o desespero,
estavam o tempo todo pacientemente do lado de fora da
casa de Nicole, esperando para retomarmos nossa caminhada.

Diário de Alan Christoffersen

Na tempestade de desafios emocionais da minha partida, eu tinha negligenciado os desafios físicos. Estava deixando o conforto do lar de Nicole para ficar exposto ao tempo, ao tédio e ao esforço extremo das intempéries. Mesmo com as estradas abertas, ainda fazia muito frio.

Ao leste eu podia ver nuvens escuras se formando, como uma turba furiosa. As nuvens me lembraram da noite que passei nas cabanas na saída de Leavenworth, sob uma tempestade de granizo.

Caminhei a oeste pela Nora até a Dakota Street, depois ao sul, passando o Montessori. Na Mission, virei à esquerda e caminhei novamente a oeste, durante vários quilômetros, até chegar à Green; virei ao norte e caminhei mais um quarto de quilômetro até Trent, a estrada que me levaria à divisa de Washington com Idaho.

O cenário na Trent mudou drasticamente para pior, conforme o subúrbio passou à região industrial, onde passei por edificações de aço e alumínio, um ferro velho, uma empresa de caldeiras, equipamentos de aluguel, lojas de reparos automotivos e a Bobo's Locadora de Vídeos Adultos.

Ainda assim, os nomes dos fornecedores de café não eram menos criativos do que aqueles por onde eu passara, entre Seattle e Spokane: o Grind Finale, Grind Central Station, Caffiends Espresso, Sorrentino's Espresso e 1st Shot Gourmet Espresso.

Depois de caminhar quatro horas, parei para tomar um café na Java the Hut, depois sentei atrás de uma cabana de madeira e comi meu almoço, que trazia na mochila. Enquanto estava ali sentado, bebericando meu café, avistei uma placa luminosa que dizia:

Área de Quarentena da Mosca Apple Maggot

A placa levantava várias perguntas: será que as pessoas estavam realmente infectadas pela larva da Apple Maggot e, se estivessem, a placa poderia detê-las? Havia áreas onde a Apple Maggot era considerada aceitável? Será que outros tipos de larvas seriam bem-vindas? Será que algum dia a

238 *Richard Paul Evans*

Apple Maggot se tornaria uma espécie em extinção e teria adesivos dizendo SALVEM A APPLE MAGGOT?

Descansei por aproximadamente uma hora, depois parti novamente. Mais adiante, naquela tarde, a natureza voltou e a paisagem ficou densa e verde outra vez, se abrindo numa vasta expansão de terras de criação de cavalos.

Junto à estrada havia um cavalo cor de canela, notavelmente parecido com o cavalo de McKale. Ele ficou olhando quando me aproximei, passando o focinho por cima da cerca. Parei e afaguei-lhe o focinho, depois tirei uma maçã da mochila e lhe dei.

Uma hora depois cheguei à divisa estadual com Idaho. Emocionalmente, isso teve um efeito extraordinário em mim. Depois de seis meses, finalmente estava fora de Washington. Esse pequeno passo pareceu legitimar minha jornada e elevar minhas esperanças de algum dia realmente chegar ao meu destino.

Alguns quilômetros depois, na cidade de Port Falls, parei num posto de gasolina para tomar um energético e perguntar sobre distâncias e hospedagem. A moça atrás do balcão me informou que eu estava a *apenas* dezesseis quilômetros de Coeur d'Alene.

— Apenas alguns minutos em frente — disse ela, aparentemente sem perceber a minha mochila.

— Tem algo mais próximo? — perguntei.

— Há um Comfort Inn, logo adiante, na estrada, mas se eu fosse você iria até Coeur d'Alene. Tem ótimas hospedagens por lá, e é uma cidade linda.

Agradeci, paguei minha bebida e caminhei de volta para a rua. Avistei o Comfort Inn, a algumas quadras, no lado norte da rodovia. Bebi meu energético e segui em direção ao hotel.

O Comfort Inn era pequeno, limpo e só custava 75 dólares a diária por um quarto de solteiro que incluía café da manhã completo. Paguei com meu cartão de crédito e fui até meu quarto, no segundo andar. Deixei minha mochila no chão, perto do armário, depois deitei na cama para descansar um momento, antes de sair novamente para encontrar o jantar.

Só acordei na manhã seguinte.

CAPÍTULO
Trinta e sete

Hoje Deus colocou outra pessoa em meu caminho.

Diário de Alan Christoffersen

Acordei confuso. O sol brilhava através da janela. Rolei para o lado e olhei o relógio digital. Já eram 09h09. Levei um instante até perceber que era de manhã, não de noite. Ainda estava vestido, de bota e tudo, deitado por cima das cobertas. Minhas pernas estavam doloridas. Sentei na cama e esfreguei as pernas. Tomei banho, me vesti, depois desci com a minha mochila. Peguei uma maçã e um folheado de queijo da seção de boas-vindas do hotel, depois fiz o meu *check-out*, parando para um café no apropriadamente chamado Jumpstart Java. Cheguei a Coeur d'Alene pouco antes do meio-dia.

✦

Sabia três coisas sobre Couer d'Alene. Primeiro, eles tinham uma celebração natalina de primeira linha. Nicole e eu tínhamos concordado que nossa visita para ver as luzes tinha valido a viagem.

Segundo, o cenário era singularmente bonito. Os folhetos de viagem sobre a cidade anunciavam que ninguém menos que Barbara Walters* tinha chamado Coeur d'Alene de "pedacinho do céu", e a colocara em sua lista de "locais mais fascinantes a visitar".

A terceira coisa que sabia sobre Coeur d'Alene parecia em grande contraste às duas primeiras: que era o quartel-general do Ayran Nations, um grupo de supremacia branca. Em 1998, Coeur d'Alene figurou nos noticiários nacionais quando houve um impasse entre os agentes federais e o grupo, terminando com alguns líderes racistas sendo presos.

O fato de Coeur d'Alene ser um local de contrastes fica evidente em seu nome, que soa romântico (O Coração de Alene), mas não é. "Alene" não é uma pessoa e o nome teve a intenção de ser uma repreensão. Os comerciantes franceses de peles chamaram as tribos indígenas locais de *coeur d'alene* — coração de coruja — significando que eles tinham o coração frio ou sagaz.

Os propagandistas contratados pelos *resorts* da cidade ignoraram esse fato, ou tentaram descartar o insulto como um termo de encantamento, mas

---

* Célebre apresentadora de notícias e programas da TV norte-americana. (N. do E.)

242 *Richard Paul Evans*

os que falam francês nativo e visitam a cidade concordam que isso não teve uma intenção cordial.

✦

Já dentro da cidade, parei num mercadinho e comprei garrafas de água, pãezinhos, cereal, e algumas maçãs e laranjas, barras de chocolate, queijo pecorino, uma caixa de cereal em barra, uma caixa de ovos batidos (que embrulhei com um saco cheio de gelo) e um pouco de salame. Com minha mochila bem mais pesada, caminhei subindo a Sherman Avenue, dando uma olhada nas lojas e butiques que perfilavam a região central da cidade.

Couer d'Alene é o tipo de cidade que McKale teria adorado. Ela teria passado o dia coletando os fatos sobre a cidade e seus habitantes, voltando ao nosso quarto de hotel, à noite, com os braços cheios de sacolas de compras e contando tudo que tinha descoberto. Fiquei desapontado por nunca tê-la trazido.

As pessoas de Coeur d'Alene (CDA, como eles chamam) são falantes e amistosas, maneira educada de dizer que eles gostam de falar. Muito. Eu me vi encurralado em várias lojas. Não tenho nada contra gente amistosa, eu só não tinha tempo pra isso.

Caminhei pelo centro da cidade e subi a rampa da I-90, uma rodovia interestadual de movimento razoável, mas única rota que consegui encontrar para atravessar as montanhas. A estrada era mais movimentada que a Rodovia 2, de Washington, e os carros passavam mais depressa. Pelo lado positivo, a estrada tinha um acostamento mais largo. Pouco mais de um quilômetro acima eu passei por uma placa anunciando a cidade seguinte:

Kellog, Idaho
57 km

A cidade estava distante demais para alcançar, o que significava que eu teria que acampar ao longo do caminho.

Por volta do meio-dia atravessei a ponte Centennial, com sua vista de tirar o fôlego para o lago Coeur d'Alene. Pouco depois da ponte, a estrada começou um declive íngreme, enquanto o lago prosseguia ao sul, pontilhado de barcos residenciais e casas à margem.

Realmente não havia lugar algum para sair da estrada, então não parei para almoçar, mas comi uma barra energética e uma laranja e continuei andando. Depois de aproximadamente dezesseis quilômetros e duas horas e meia, o lago deu lugar a pastagens e campinas de gado. Uma placa anunciava a entrada do Idaho Panhandle National Park.

O sol começava a se pôr atrás de mim quando cheguei à área recreativa do estreito Fourth of July, e eu estava cansado e pronto para encontrar um lugar para acampar e comer meu jantar. Desci a rampa que terminava em T, incerto da direção a seguir. A placa de cima apontava à direita, para uma área recreativa para veículos motorizados, localizada em algum lugar fora de vista, subindo uma colina íngreme. A placa inferior dizia MULLAN TREE, com uma seta apontando à esquerda, para uma estrada de asfalto em declive, algo que, com pernas exaustas, parecia infinitamente mais convidativa. Escolhi a esquerda.

Não fazia ideia de que a simples decisão que eu acabara de tomar afetaria tantas vidas.

Voltei, atravessei a interestadual e subi até uma estrada de terra com uma ligeira inclinação. Uma placa florestal explicava que a árvore Mullan era um pinheiro americano entalhado há mais de 150 anos por alguns dos soldados do general John Mullan, para comemorar a conclusão da estrada militar de mesmo nome, primeira grande rodovia do nordeste pacífico, que seguia entre Fort Benton, Montana e Fort Wala Wala, Washington (o nome Mullan se tornaria familiar, pois eu logo descobri que Mullan tinha uma queda para batizar tudo com seu nome).

A estrada voltava a se dividir e a placa me informava que a árvore famosa ficava localizada na bifurcação à esquerda, montanha acima. Infelizmente a placa não dava pistas da distância da subida. Olhando a inclinação acentuada decidi que não tinha pernas, nem curiosidade e nem luz do dia para ir pesquisar, portanto peguei a trilha da direita que terminava a aproximadamente 50 metros da bifurcação, numa pequena área recreativa com uma enorme estátua de pedra homenageando o general Mullan. Comecei a organizar meu acampamento.

Saí do caminho de terra e cascalho, descendo por um declive até uma área plana com um banheiro externo e algumas mesas para piquenique. O ar estava fresco e denso, com cheiro de musgo. As placas dizendo PROIBIDO PERNOITAR ACAMPANDO não me preocuparam. Duvidava que alguém viesse checar esse pequeno ponto obscuro e, mesmo que viessem, seria suficientemente fácil esconder a minha barraca na vegetação densa.

Marchei de volta até as mesas de piquenique e montei minha barraca atrás do bosque, onde ela não poderia ser vista da estrada, mesmo em plena luz do dia.

Estava faminto. Os pãezinhos da delicatéssen que eu comprara em Coeur d'Alene estavam amassados e encolheram, diminuindo para metade do tamanho, mas ainda tinham um gosto bom. Cortei pedaços grossos de salame e pecorino e cobri o pão amassado com maionese e mostarda das pequenas embalagens que eu tinha pegado num dos locais de *fast-food* do caminho. Devorei o sanduíche rapidamente; então fiz outro, que comi com uma barra de Hershey's de amêndoa.

Tinha terminado o meu segundo sanduíche e entrado na barraca quando ouvi o revoar de cascalho, com a aproximação de um veículo que passou direto pelo meu acampamento e freou bruscamente. Ouvi as portas abrirem e uma porção de vozes festeiras, muitas em tons graves, com uma voz ocasional e aguda de uma jovem. Os ocupantes do veículo estavam rindo e falando empolgados, e imaginei que provavelmente seria um grupo de universitários bêbados.

Àquela altura a área estava mais na sombra e eu estava invisível por trás da tela escurecida de floresta. Estava bem certo que não tinha motivo para me preocupar, porém, depois de ter sido atacado, ainda ficava meio nervoso. Enfiei a mão na mochila e tirei a arma do meu pai. Peguei o pente que eu tinha guardado numa parte separada da mochila e encaixei no lugar. Só pra garantir.

Então eu ouvi a mulher gritar.

— Me deixa em paz!

Seu grito foi seguido por batidas de portas e mais riso.

— Para! — ela berrava.

Não conseguia ouvir o que os homens estavam dizendo, mas suas vozes eram baixas e provocadoras. Chequei o pino de segurança da minha arma, depois coloquei na cintura e engatinhei pra fora da barraca. Subi a rampa silenciosamente, olhando por trás de uma árvore, para ver o que estava acontecendo.

Uma picape Dodge de quatro portas estava estacionada perto do monumento, com os faróis iluminando a estátua. À direita da traseira da caminhonete havia quatro rapazes e uma moça mais jovem ainda. Todos os homens, com exceção de um, a cercavam e ela estava tentando golpeá-los.

O jovem afastado, um garoto louro e magricela, parecia estar nervoso, falando em defesa da garota. O líder do grupo era um garoto musculoso, provavelmente com vinte poucos anos, com um porte de atacante do time de futebol americano. Numa das mãos ele segurava uma lata de cerveja. Ele virou de volta e disse ao garoto louro:

— Cala a porra dessa sua boca!

Mesmo sob a luz fraca, pude ver a crueldade no rosto do homem.

Então a garota cuspiu nele, que a esbofeteou com as costas da mão, acertando seu maxilar, derrubando-a no chão. Ela segurou o rosto e gritou:

— Por favor, pare.

— Nós te demos uma carona, você vai pagar — disse ele. Ele jogou sua lata de cerveja ainda pela metade, que caiu no chão respingando diante dela.

— Eu não lhe devo nada — disse ela. — Só me deixa ir.

Ele caminhou até o lado dela.

— Não até que você dê uma recompensa. Tire a roupa.

— Não.

— Tudo bem, nós vamos tirar.

Ela disse, rispidamente:

— Você é um estuprador? Isso é um delito grave. — ela se virou para os outros caras — Vocês também são estupradores?

Fiquei impressionado com coragem dela. Todos os homens pareceram surpresos pela argumentação dela, exceto o líder.

— Cale a boca! Vai tirando!

— Você terá que fazer isso.

— Vocês escutaram, ela me pediu.

Ele seguiu em frente e ela, ainda sentada na terra e no cascalho, foi chegando pra trás. Ele correu por trás dela e agarrou-lhe os cabelos, enquanto ela inutilmente tentava atingi-lo, mas seus golpes só deixavam-no mais zangado. Ele berrou praguejando, depois agarrou sua camiseta e puxou, rasgando-a no ombro.

Eu já tinha visto o suficiente. Subi na beirada da estrada e gritei:

— Deixe-a em paz.

Tudo parou. Os homens ficaram claramente surpresos em descobrir que não estavam sozinhos e todos viraram pra mim, incluindo a garota. Por um momento, ninguém se mexeu nem disse nada.

Dei mais alguns passos, me aproximando.

— Afaste-se dela. Agora.

O líder me olhou de cara feia.

— Isso não é da sua conta. Vá embora ou vamos fazer que seja da sua conta.

Meus olhos passaram pelos quatro, enquanto eu continuava a me aproximar.

— Eu disse para se afastar dela.

O líder me olhou com uma expressão perplexa.

— Você é imbecil? Somos quatro, você é um. Você está em minoria, babaca.

Parei a cerca de cinco metros deles. Segurei o cabo da arma e puxei. Ergui, enquanto soltei o pino de segurança.

— Eu fiz a conta certa. Vocês são quatro, no pente tem dezesseis balas. São quatro balas pra cada.

A arma fez todos prestarem atenção. Apontei o cano para a barriga do garoto louro.

— O negócio é o seguinte. Vocês se afastam dela agora mesmo ou vou atirar primeiro no magrelo alto, depois no orelhudo, no gorducho, e vou deixá-lo por último. — eu mirei no louro, segurando a arma com as duas mãos. — Vocês têm cinco segundos para irem embora.

Tremendo, o garoto ergueu as mãos, embora eu não tivesse pedido que ele o fizesse.

— Eu não estava fazendo nada. Tim, sai de perto dela. Vamos embora.

— Ele está blefando — disse o líder.

— Acha que estou blefando? — perguntei. — Há cinco meses fui esfaqueado por uns babacas como vocês. Foi quando arranjei a arma. Eu decididamente matarei todos vocês, sem perder um minuto de sono. Chega de conversa. Vou contar até cinco, depois vou começar a atirar. Pronto, magrelo? Um...

O louro estava tremendo de medo.

— Estamos indo embora, cara. Estamos indo. Vamos, Tim — ele gritou. — Saia de perto dela!

— ... dois... três.

O líder chutou a garota, xingou, depois virou.

— Estamos indo embora — ele disse aos dois homens ao seu lado (que pareceram visivelmente aliviados). — Vamos.

— Preciso da minha mochila — disse a garota.

— Onde está? — perguntei.

— Na traseira da picape — disse ela.

O garoto magrelo esticou a mão na lateral da caminhonete e puxou uma mochila. Ele a colocou no chão com uma delicadeza surpreendente.

O líder começou a contornar a caminhonete, falando baixinho. Eu apontei a arma pra ele.

— Pare.

Ele congelou.

— Se você estiver com ideia de jogar sua caminhonete em cima de mim, ou dela, eu não vou parar de atirar até que todos vocês estejam mortos. Se você perder o juízo e voltar mais tarde, estarei esperando por você no escuro, exatamente como fizemos em Tempestade no Deserto.* Sem aviso. Acredite, eu saberei. Esse cascalho estala como fogos de artifício, ouvi vocês chegarem antes de descerem a rampa.

O segundo garoto, o que eu tinha chamado de "orelhudo", falou pela primeira vez.

— Sem crise, cara. Estamos indo.

Mantive a arma apontada pra eles, enquanto entravam na caminhonete. O líder acelerou algumas vezes, depois engrenou a marcha da caminhonete. As rodas giraram e o carro rabeou, mas eles mantiveram uma boa distância de mim. Subiram até a bifurcação, então, gritando palavrões, foram embora.

Quando estávamos sozinhos travei a arma e coloquei-a de volta na cintura. Virei para a garota.

— Você está bem?

—Aham — disse ela, ficando de pé.

— Você foi corajosa — eu disse.

— Você também.

---

* Referência à operação das forças militares lideradas pelos Estados Unidos que derrotaram as tropas do Iraque no Kwait em 28 de fevereiro de 1991. (N. do E.)

— Não, eu só tinha uma arma. — caminhei até ela. — Como foi parar com eles?

— Eu estava pedindo carona e eles me deram.

— Não é uma boa ideia.

— Eu não sabia que eram vermes. — ela não estava, nem de perto, abalada como pensei que estaria. — Você realmente esteve no Exército?

— Não — eu disse. — Propaganda.

Ela deu um sorriso malicioso.

— Isso sequer é uma arma de verdade?

— Sim.

Ela bateu a parte de trás da calça, depois foi pegar sua mochila. Ao se aproximar de mim, parecia mais jovem do que eu tinha achado. Imaginei que ela tivesse uns dezessete anos.

— Você tem alguma coisa pra comer? — perguntou ela.

— Posso lhe fazer um sanduíche. Tenho queijo e salame.

— Como qualquer coisa.

— Venha comigo.

Ela me seguiu de volta até a barraca.

— Qual é o seu nome? — perguntou.

Enfiei o braço na barraca e tirei a mochila.

— Alan. E o seu?

Ela sentou junto à mesa de piquenique, pousando sua mochila em cima.

— Kailamai.

— Kai-la-mai? — repeti, pronunciando cada sílaba.

Ela assentiu.

— Sim.

— Parece havaiano.

— Samoano.

— Você não parece samoana.

— Eu sei.

Peguei o pão, a carne e o queijo.

— O pão está meio amassado.

— Não sou fresca.

Tirei minha faca e cortei uma fatia de queijo, depois o salame.

— Maionese? — sugeri.

— Sim, por favor.

Cortei o pão ao meio, depois peguei um dos pacotinhos de maionese e espalhei no pão com a própria embalagem. Coloquei o salame e o queijo dentro e entreguei o sanduíche a ela.

— Obrigada — disse ela, dando uma mordida voraz. Fiquei imaginando quando ela teria comido pela última vez.

— Está com fome? — perguntei, brincalhão.

Ela respondeu com outra mordida. Então disse, de boca cheia:

— Não como desde ontem.

— Tem mais, se você quiser.

— Obrigada. — ela continuou a mastigar. Depois de mais algumas mordidas, desacelerou. — Você foi mesmo esfaqueado?

— Três vezes.

— Como aconteceu?

— Estava caminhando pela estrada, na saída de Spokane, quando uma gangue me atacou.

— Você caminha muito?

— Pode-se dizer que sim.

— Para onde está indo?

— Key West.

— Onde fica?

— Na Flórida.

Ela ficou me olhando, como se tentasse identificar se eu estava brincando.

— Você tem um bocado para andar.

Sentei na ponta do banco da mesa de piquenique.

— Para onde você está indo?

— Para o leste, para morar com a minha tia.

— Em que lugar do leste?

— Boston.

— É bem longe, pra ir de carona.

Ela sacudiu os ombros.

— Não tenho carro.

— Você poderia ter ido de avião. Ou de ônibus.

— Poderia se tivesse dinheiro.

— Quantos anos você tem?

Minha pergunta pareceu preocupá-la. Ela parou de comer, depois lentamente olhou acima.

— Você não vai fazer nada contra mim, vai?

— Não acabei de impedir isso?

— Bem, talvez você só me quisesse pra você.

— Não sou esse tipo de cara.

— Achei que todos os caras fossem desse tipo.

— Nem de longe — respondi.

Depois de um instante ela falou

— Tenho quase dezoito.

— Onde estão seus pais?

— Minha mãe está morta. Não sei onde meu pai está. — ela respondeu casualmente, enquanto dava outra mordida no sanduíche.

— Lamento.

Quando terminou de mastigar, perguntou:

— Por quê?

— Hã?

— Por que lamenta? — perguntou ela. — Que minha mãe esteja morta ou por eu não saber onde está meu pai?

— Ambos.

— Não ligo pro meu pai. Nem sei quem ele é. Pelo que sei poderia até ser você. Se você fosse mais velho. E eu não lamento porque minha mãe está morta. Ninguém lamenta.

Só a olhei por um momento.

— Então também lamento por isso. — expirei e agora eu podia ver o frio no ar. Nenhum de nós falou por alguns minutos, enquanto ela comia.

— Como está seu sanduíche? — perguntei.

— Bom, obrigada.

O Caminho   251

— Tenho uma barra de chocolate Hershey's, se você quiser.

— Isso parece bom.

Peguei o doce na mochila e entreguei a ela.

— Aqui está. Se quiser acampar comigo, essa noite, você pode dormir na barraca.

— Obrigada — disse ela, pegando o doce. Ela desembrulhou como se descasca uma banana. Deu uma mordidinha depois olhou pra mim.

— Então, do que você está fugindo?

— O que a faz pensar que estou fugindo de alguma coisa?

— Você é um cara legal, pelo papo é bem esperto, e é boa-pinta, então não tem como estar deixando alguma coisa, como uma namorada e um emprego. Então só pode estar fugindo de algo.

Fiquei impressionado pelo raciocínio dela.

— Eu *fui* casado.

— Ah — disse ela, concordando, como se compreendesse. — Divórcio ruim.

— Nada de divórcio. Ela morreu.

Ela pareceu verdadeiramente aborrecida por isso.

— Eu lamento. Como ela morreu?

— Ela se acidentou. Seu cavalo se assustou e a jogou.

— Lamento — disse novamente.

— Eu também. Ela era tudo pra mim. Vivia pra ela.

Kailamai ficou em silêncio por um instante, depois disse

— Mas isso deve ser legal, ter alguém para quem viver.

— É legal até você perder a pessoa. — dei a ela a garrafa de água. Ela deu um longo gole, depois devolveu.

— Acho que vou pra cama — eu disse. — Como falei, você pode dormir na barraca.

— Onde você vai dormir?

— Sob as estrelas.

— Está frio aqui fora.

— Ficarei bem.

Ela olhou para a barraca.

— Eu não ligo, se você quiser dividir a barraca. Confio em você. Além disso, será aconchegante.

Havia pelo menos uma dúzia de motivos para não dividir a barraca, mas o ar frio estava bem persuasivo.

— Tudo bem.

— Você tem mais coisa pra outro sanduíche?

— Claro.

Fiz um segundo sanduíche pra ela, depois entrei na barraca, tirei a roupa e entrei no meu saco de dormir. Talvez uns cinco minutos depois ela disse

— Ô de casa.

— Pode entrar — respondi.

Ela jogou seu saco de dormir no lado de dentro, depois engatinhou e entrou nele, ainda de roupa. Depois de um minuto, disse:

— Isso até que é legal.

— A barraca?

— Sim. Importa-se se eu rezar?

— Não.

— Eu geralmente rezo em voz alta — disse ela. — Você se importa?

— Não.

Ela virou de bruços e cobriu o rosto com as mãos.

— Querido Pai do céu, obrigada por outro dia. Obrigada por tudo que tem me dado. Obrigada por mandar um anjo em meu caminho, essa noite. Sou grata por Alan e sua proteção, e a comida e o abrigo que ele está me dando. Por favor, o abençoe com paz e segurança, e tudo que ele precisa. E eu rezo por aqueles que estão sendo feridos esta noite. Por favor, mande alguém para ajudá-los também. Rezo para que aqueles caras da caminhonete não voltem. Em nome de Jesus, amém.

Nós dois ficamos em silêncio por um momento. Ela virou de volta.
— Acha que aqueles caras vão voltar?

— Não.

— Eu não sei — disse ela. — Eles eram bem malucos.

— Detesto pensar no que teria acontecido, se eu não estivesse aqui. — eu disse.

— O mesmo de sempre — respondeu ela, virando para longe de mim.
— Boa noite. — foi a última coisa que ela disse, antes de adormecer.

CAPÍTULO
Trinta e oito

Imagino o que McKale diria, se me visse agora.
Na verdade, eu sei. Ela me chamaria de "tolo maluco!".
Ou isso ou me daria um sopapo.

Diário de Alan Christoffersen

Na manhã seguinte acordei com o nascer do sol. O interior da barraca estava aquecido e as gotas de água tinham se condensado no teto inclinado de vinil. Levei um momento para me lembrar por que eu não estava sozinho e quem estava dormindo ao meu lado.

Kailamai ainda dormia, de lado, roncando baixinho. Eu me vesti dentro do saco de dormir e depois saí da barraca.

O ar matinal estava frio e claro, e o sol começava a penetrar pela densa abóboda de folhagens, repleta de notas entoadas pelas corujas invisíveis, nas árvores acima de mim.

Não tinha adormecido imediatamente. Em vez disso, tinha ficado pensando no que Kailamai dissera. "O mesmo de sempre". Fiquei imaginando sua história — seu pai (ou a falta dele) e da mãe morta para quem ninguém ligava, incluindo ela.

Juntei algumas pedras do tamanho de melões para fazer uma fogueira, depois caminhei ao redor da área catando galhos até ficar com os braços cheios. Poderia ter usado meu fogareiro a gás para fazer o café da manhã, mas estava frio e eu queria o calor de uma fogueira, e achei que a garota também gostaria.

Coloquei três pedras no centro da fogueira e, quando as chamas tinham um palmo de altura, equilibrei minha frigideira sobre as pedras. Um minuto depois despejei a mistura de ovos batidos. Cortei fatias de pecorino e salame e joguei por cima dos ovos borbulhantes.

Kailamai saiu da barraca uns cinco minutos depois.

— E aí? — me cumprimentou.

Eu me virei. Como a conheci no escuro, então agora a via claramente pela primeira vez. Ela tinha aproximadamente um metro e sessenta, era magra, com um rosto largo. Era mais bonita do que eu notara, de um jeito clássico, com maçãs saltadas no rosto e um nariz suave e levemente curvo, como uma das mulheres das pinturas de Botticelli. Seus cabelos eram escuros e estavam despenteados. Ela também tinha *piercings* que eu não havia notado, três em cada orelha e um no nariz.

— Seja lá o que está fazendo, tem um cheiro bom — ela disse.

— Uma versão diferente do que você comeu ontem à noite. Omelete com pecorino e salame.

— Parece bom — ela se entusiasmou, sentando-se no banco da mesa de piquenique, passando uma perna de cada lado, perto do fogo, para sentir seu calor.

— Está com fome? — perguntei.

— Nasci com fome.

— Pegue o *kit* da bagunça — pedi.

— O quê?

— O *kit* da bagunça. É um negócio prateado, em cima da minha mochila.

Ela ergueu o *kit*.

— Isso aqui?

— É. Traga-me aqui.

— Por que você chama de *kit* da bagunça?

— Não sei. É um negócio de Exército.

— Achei que você tivesse dito que não esteve no Exército.

— Propaganda — esclareci. Peguei o *kit* e servi metade da omelete com uma colher. — Aqui está.

Ela pegou a comida, depois sentou-se junto à mesa, de costas para o fogo.

— Obrigada. Vou fazer uma prece de agradecimento.

Tirei a frigideira do fogo.

— Tudo bem.

— Pai Celestial, obrigada por esse alimento, e abençoe Alan por dividi-lo comigo. Abençoe essa comida e nossos corpos com saúde para podermos servi-Lo. Amém.

— Amém — eu disse, e virei o restante da omelete em minha vasilha metálica , sentando-me ao lado dela. — Você reza um bocado.

— Antes das refeições. Quando levanto. Quando vou dormir. Quando estou com medo. E sempre que me sinto grata. Praticamente o tempo todo.

— ela sorriu pra mim, e deu uma garfada na omelete. — É bom ter uma refeição quente no café da manhã.

— Gostaria de ter um pouco de café para acompanhar — eu disse, enquanto comia. — Quais são seus planos pra hoje? Vai pedir mais carona?

— Acho que sim. — ela abaixou os olhos por um instante, mexendo na comida. — Se você não se importar, gostaria de andar com você por um tempo.

Eu não tinha certeza se isso seria ou não uma boa ideia.

— Eu caminho mais de 32 quilômetros por dia. Acha que consegue acompanhar?

— Vou tentar.

Dei uma garfada e mastiguei lentamente, enquanto pensava em seu pedido.

— Se você não quiser que ande com você, eu entendo — ela suspirou.

— Tudo bem — resolvi. — Não me importaria em ter um pouco de companhia.

Kailamai sorriu.

— Bom. Eu também.

Depois de terminar de comer ela ficou em pé, segurando o prato.

— Vou ver se consigo encontrar um pouco de água para lavar nossos pratos.

Depois de alguns minutos, ela voltou com a frigideira limpa, pingando.

— Encontrei uma bica.

— Acha que é potável? — perguntei.

— O que é potável?

— É seguro beber?

— Não sei. Não dizia que não era.

— Então, provavelmente é. É melhor enchermos a garrafa. — dei uma golada do meu cantil, depois peguei duas garrafas plásticas. — Onde é?

— Ali — disse ela, apontando. — Atrás da estátua.

Enchi meus recipientes, depois voltei, despejei uma das garrafas no fogo, onde as cinzas e a pedra soltaram uma nuvem branca de fumaça e vapor. Fui encher novamente e guardei na mochila.

Enrolamos nossos sacos de dormir e Kailamai me ajudou a desmontar a barraca. Coloquei meu chapéu e óculos de sol. Quando estava tudo arrumado, perguntei.

— Pronta?

Ela colocou sua mochila nas costas.

— Estou.

Nós subimos a colina até a estrada e seguimos até a bifurcação. Quando passamos pela placa de Serviço Florestal, perguntei

— Você já viu a Mullan Tree?

— Nunca ouvi falar. Vale a pena ver?

Olhei para cima, a estrada para onde a placa apontava, depois continuei andando.

— Aparentemente, não — respondi.

Nós atravessamos a interestadual, depois caminhamos descendo a rampa da I-90. A estrada ainda era em declive e puxei a aba do meu chapéu Akubra, conforme o sol bateu em meus olhos.

— Gostei do seu chapéu — disse Kailamai.

— É um Akubra — eu disse. — Comprei na Austrália.

— Você já esteve na Austrália?

— Há uns cinco anos. Tive um cliente de Melbourne.

— Que legal. Eu sempre quis ir lá.

— Ouvi falar que Boston é legal — eu disse. — Você tem uma tia lá?

— Inventei isso — assumiu ela. — Foi o primeiro lugar que me veio à cabeça.

Sorri.

— Para onde você está indo, realmente?

— Não sei. Achei que se eu andasse o suficiente poderia encontrar algo.

— De onde está vindo?

— Comecei em Portland. Tecnicamente, sou uma fugitiva. Ao menos segundo os registros estaduais. Mas só por mais um mês.

— O que quer dizer?

— Fui uma criança adotiva. Passei minha vida toda no sistema. Meu último lar adotivo não deu certo, então fugi.

— Por que não voltou ao estado?

— Não faz sentido. Terei dezoito anos em um mês, então o estado já não terá responsabilidade por mim. Chegarei à maioridade. Estou por minha conta.

— Está pronta para isso?

— Acho que vou descobrir. As probabilidades não são boas. A assistente social me disse que dois anos após a maioridade há 60% de chance que eu fique grávida, seja presa, sem teto ou morta. Mas eu não vou deixar que isso aconteça. Quero fazer algo da minha vida. Quero ir à faculdade.

— Você sabe o que quer estudar?

— Quero ser juíza um dia.

Eu assenti.

— É uma meta e tanto. Todos terão que chamá-la de "Sua Excelência".

Um sorriso imenso se abriu nos lábios dela.

— Isso seria demais. Talvez eu possa ser como a Juíza Judy* e ter meu próprio programa na TV. A Juíza Judy não aceita papo furado de ninguém.

— Não mesmo — concordei. — Ela não aceita.

Gostei dessa garota.

---

* Referência ao reality show televisivo Judge Judy, em que Judith Sheindlin julga casos apresentados no estúdio. (N. do E.)

CAPÍTULO
Trinta e nove

Essa é a piada que Kailamai me contou hoje. A esposa perguntou ao marido: — Como foi o golfe hoje? — Ele respondeu: — Foi horrível. No décimo primeiro buraco, Harry teve um ataque do coração e morreu. — Ela disse: — Oh, não! Isso é terrível! — O marido respondeu: — Nem me fale. Durante os sete buracos seguintes era bater na bola e arrastar o Harry, bater na bola e arrastar o Harry.

Diário de Alan Christoffersen

Nós tínhamos caminhado por aproximadamente quatro quilômetros quando chegamos ao parque estadual Old Mission. O Old Mission of the Sacred Heart (Antiga Missão do Sagrado Coração) foi construído pelos padres jesuítas em 1853, e é a edificação mais antiga em Idaho. Mesmo pelos padrões de hoje é uma estrutura impressionante, e é difícil acreditar que esses homens construíram esse prédio maciço num lugar tão recluso, sem a ajuda de um depósito de madeiras ou de equipamentos pesados. O que lhes faltava em tecnologia era compensado pela devoção.

O parque estava aberto a visitantes e Kailamai e eu passamos uma hora perambulando pelo centro turístico de visitação. Naquela manhã descobri duas coisas sobre Kailamai. Primeiro, que ela era engraçada.

— Quantos psicólogos são necessários para mudar uma lâmpada? — perguntou ela.

— Não faço ideia — eu disse.

— Só um. Mas a lâmpada tem que *querer* mudar.

— Que engraçado. — exclamei.

Ela continuou.

— Uns caras assaltaram um banco, usando máscaras de gorilas. Enquanto fugiam, um cliente puxa a máscara de um deles para ver como ele é. O ladrão diz: "Agora que você me viu, vai ter que morrer", e mata o homem. O ladrão olha em volta. Todos estão virados ou cobrindo os olhos. "Alguém mais viu meu rosto?", pergunta ele. Um irlandês, no canto, lentamente ergue a mão. "Você viu meu rosto?", pergunta o ladrão de banco. "Não, mas acho que minha esposa deu uma espiadinha".

Ri muito.

A segunda coisa que descobri sobre Kailamai era que ela conseguia comer mais que eu. Fiz sanduíches de salame novamente e dei-lhe uma maçã e barrinhas energéticas. Ela devorou tudo. Nós caminhamos o dia inteiro e chegamos à cidade de Kellogg quando o sol começou a se por. Kailamai estava exausta e diminuí consideravelmente o meu ritmo para que ela pudesse acompanhar. Em momento algum ela reclamou da distância, mas várias vezes se desculpou por me atrasar e disse que se precisasse deixá-la, eu poderia. Não quis. Gostava de sua companhia. De alguma forma ela me lembrava McKale quando era jovem: radiante, engraçada e sarcástica.

✦

Kellogg é uma cidade peculiar, dividida pela interestadual entre o novo e o velho, sendo o novo uma estação de esqui, com os maiores teleféricos do hemisfério ocidental.

Segundo a história da cidade, Kellogg se orgulha pela distinção de ter sido fundada por um asno. Literalmente. A cidade foi batizada por um explorador mineral chamado Noah Kellogg. Numa manhã de 1885, o jumento de Kellogg saiu vagueando de seu acampamento. Várias horas depois, Kellogg encontrou o animal ao lado de uma imensa área de galena, mineral detentor de grande quantidade de prata.

A descoberta levou ao estabelecimento da Bunker Hill Mine and Smelter, mineradora que esteve ativa por mais de um século, até seu fechamento em 1981. Uma placa do lado de fora da cidade dizia:

Essa é a cidade fundada por um asno
e habitada por seus descendentes

Kailamai me assegurou que isso era verdade.

— Eu sei — disse ela. — Morei aqui.

Atravessamos a interestadual até a parte velha da cidade e entramos no Silverhorn Motor Inn e no Silver Spoon Restaurant. A recepção da frente era pequena e lotada de sortimentos para vender ou alugar: pasta e escovas de dente, xampu, creme de barbear e uma parede inteira de vídeos antigos.

Pedi dois quartos, mas Kailamai contestou.

— É dinheiro demais. Vamos ficar com um quarto de duas camas.

— Isso não parece apropriado — discordei.

— Você estava a dois centímetros de mim, na barraca — respondeu ela.

Fazia sentido. Pedi um quarto.

A mulher me entregou a chave do quarto 255 e nos informou que o hotel tinha aparelhos de vídeo em todos os dormitórios, e as fitas eram grátis, para serem emprestadas. Ela também nos alertou para sermos cuidadosos nas estradas, pois uma das garçonetes do restaurante havia sido atingida por um urso quando estava dirigindo na noite anterior.

— Ele simplesmente correu de encontro à lateral do carro dela. A pobre garota estava tremendo sem parar.

Mandei Kailamai ao restaurante enquanto eu carregava nossas mochilas até o quarto, depois desci para me juntar a ela.

— Não tenho muito dinheiro — Kailamai me disse, enquanto olhava o cardápio. Ela já tinha comido um pãozinho do couvert e estava passando manteiga no segundo.

— Não se preocupe, é por minha conta.

Ela pareceu aliviada.

— Obrigada.

— De nada.

Pedi dois "Nancy Melts", um hambúrguer especial da casa, com bacon e cebola grelhada, queijo suíço e cogumelos *sautée*, e de sobremesa nós comemos torta de mirtilo *à la mode*.

Naquela noite deitamos em nossas camas e Kailamai perguntou:

— Que distância você acha que andamos hoje?

— Uns 41 quilômetros — respondi.

— Nunca andei tudo isso. — ela ficou quieta por um momento. — Que distância vamos caminhar amanhã?

— Mais ou menos a mesma coisa.

— Tudo bem — disse ela. — Boa noite.

— Você foi muito bem hoje, Kailamai. Estou orgulhoso de você.

— Obrigada. — ela ajoelhou perto da lateral de sua cama e fez sua oração.

CAPÍTULO
Quarenta

Hoje nós chegamos a Montana. No caminho,
conhecemos uma figura muito interessante,
Pete, o mineiro. O céu, de fato, guarda muitas
estrelas, pelas quais se pode traçar um itinerário.

Diário de Alan Christoffersen

Na manhã seguinte nós tomamos café da manhã no restaurante do hotel — panquecas e bacon com ovos mexidos. Saímos do hotel, depois paramos ao lado, numa loja de conveniência, para comprarmos garrafas de água, cereal e carne seca. Não nos preocupamos com o jantar. Havia cidades próximas o suficiente para que comêssemos num restaurante, naquela noite.

Atravessamos a ponte interestadual e continuamos nossa caminhada. Depois de alguns quilômetros Kailamai disse:

— Isso pode parecer uma pergunta imbecil, mas você sabe como chegar a Key West?

Escondi o riso.

— Basicamente, tenho mapas.

— Não deveríamos estar caminhando mais ao sul?

— Depois de Butte, Montana, estou planejando caminhar a sudeste e passar por Yellowstone.

— Vamos passar por dentro de Yellowstone?

Achei curioso que ela tivesse se incluído em minha jornada, mas deixei passar.

— Estava pretendendo.

— Ouvi dizer que lá tem muitos búfalos. Eu sempre quis ver búfalos na vida real.

— Isso seria legal — disse.

Mais ou menos uma hora depois, ela perguntou:

— Você acredita em óvnis e alienígenas, esses troços?

— Não. Mas sei onde existe um círculo na plantação — respondi. — Em Wilbur, Washington. Passei por lá, andando.

— Acho que descobri de onde vêm os alienígenas.

— De onde? — perguntei, realmente querendo ouvir sua teoria.

— Da Terra.

— Explique — pedi.

— Minha teoria é que os *aliens* não estão em discos voadores, eles estão em máquinas do tempo.

— O que quer dizer?

— Pense a respeito. Se viajar no tempo é possível...

— Um grande *se* — eu disse.

— É, mas as pessoas diziam isso sobre voar. Agora todo mundo voa. Então, digamos que existam coisas que ainda não compreendemos sobre o tempo, o que é lógico, ou pelo menos possível, certo?

— Vou lhe dar razão.

— Então, se é possível se deslocar no tempo, isso significa que já tem gente aqui, nos observando.

— Por que iriam querer fazer isso?

— Pelo mesmo motivo que estudamos história. Além disso, você não gostaria de ver o passado, se pudesse? Assistir Lincoln fazendo o discurso de Gettysburg ou ouvir o Sermão da Montanha?

— Mas então nós os veríamos à nossa volta. O físico Stephen Hawking disse: "A ausência de turistas do futuro é um argumento contra a existência da viagem no tempo".

— Você nunca leu um livro sobre viagem no tempo? — perguntou Kailamai. — As pessoas do futuro não podem se mostrar ou se envolver em nossas circunstâncias, ou poderiam bagunçar as coisas e mudar a história.

— A história já é bagunçada.

— É, mas se elas o fizessem talvez desaparecessem. Sabe, como em todos os filmes de ficção científica.

— Então você acha que os alienígenas somos nós?

— Faz sentido, não faz? A forma como as pessoas os descrevem, com dois olhos, nosso formato de corpo, mas menores. Conforme a tecnologia avança, faz sentido que nossos cérebros evoluíssem para aumentar de tamanho e nossos corpos se tornem menores.

— Você é uma mulher muito interessante — reconheci.

— Obrigada — ela agradeceu.

Perto do limite da cidade de Kellogg, Kailamai apontou para uma concessionária de carros, na rodovia.

— Aquela é a Dave Smith Motors. É uma das maiores concessionárias de carros do mundo.

Achei estranho encontrar uma concessionária tão grande distante de uma região metropolitana.

— Frequentei o colégio ali, bem ao lado do terreno de carros usados. Dave Smith derrubou a escola primária para construir essa concessionária. Nós éramos os Unicórnios Ensolarados.

— Unicórnios Ensolarados?

— Eu sei, lindo nome, não? Provavelmente foi uma boa ação que ele fez, ao demolir.

Sete quilômetros adiante na estrada, vimos placas de algo chamado Sunshine Miners Memorial, o que me pareceu um nome bem alegre para um local de desastre. Não paramos.

No fim da tarde, passamos por Silverton e aos pés das montanhas Bitterroot, onde saímos da rodovia, na cidade de Wallace, que se intitulava "Capital Mundial da Prata". Almoçamos no Brooks Hotel Restaurant and Lounge.

O restaurante afirmava ter um "famoso" bufê de saladas que, na verdade, tinha as saladas mais comuns que eu já vira. Imagino que ao dizerem "famoso" estavam considerando que alface seja famosa.

Na verdade, a alegação que faziam do famoso era incomum. Enquanto praticamente tudo em Washington era anunciado como "mundialmente famoso", eu notei que desde que chegara em Idaho não tinha visto um único *milk-shake* ou hambúrguer mundialmente famoso. Em vez disso, tudo em Idaho era "histórico". Árvores, estradas, igrejas, rochas, minas, praticamente tudo em que se pode grudar uma placa.

Depois do almoço nós fomos até o Harvest Grocery Store para fazer um estoque de água, frutas e Gatorade. Estávamos subindo a rampa da rodovia quando vimos um homem em pé, na lateral da estrada, com o polegar esticado. Ele era mais velho, com uma barba cheia e grisalha que ia até o meio do pescoço. Estava com um chapéu de condutor, óculos escuros de lentes amarelo vivo e macacão listrado, como os antigos ternos listrados de algodão.

Ele acenou pra gente.

— Como vão?

— Bom dia — respondi.

— Bom dia — disse Kailamai, parecendo ligeiramente ansiosa.

— Como está a pescaria? — perguntei.

— Pescaria?

— O pedido de carona — esclareci.

— Ah — disse ele, estreitando os olhos. — Não tem muito carro deixando Wallace, a essa hora do dia. Importam-se se eu caminhar com vocês por um pedaço?

— De jeito nenhum.

Ele foi até a beirada da estrada e ergueu do chão uma pequena mochila de lona, depois correu de volta para nos alcançar, com muito mais rapidez do que eu esperava de um homem dessa idade.

— Meu nome é Pete — ele se apresentou.

— Eu sou Alan. Essa é Kailamai.

Ele inclinou o chapéu.

— Senhora.

— E aí? — cumprimentou ela.

— Para onde estão indo?

— Leste — eu disse. — Bem distante, a leste.

Embora ele caminhasse conosco, seu polegar ainda estava esticado na lateral. — Não vou pra muito longe. Vou até Mullan toda semana para ver meus amigos.

— Você é de Wallace?

— Na maioria dos dias, sou. Há setenta anos.

Kailamai caminhou de cabeça baixa, sem se envolver na conversa.

— O que faz em Wallace? — perguntei. — Para viver?

— Na maior parte do tempo, garimpo. Um pouco de madeira, mas garimpo em geral.

— Em busca de ouro?

— Sempre ouro. Bem, isso não é totalmente verdade. Já procurei prata, mas é mais ouro.

— Teve bastante sorte?

O *Caminho*   273

— Sempre tenho sorte — disse ele, com uma leve risada. — É que às vezes é boa sorte, outras é má sorte. Mais da última.

— Você tem família?

— Fiz o serviço completo. Meus filhos moram perto. Eles fazem contato, de vez em quando.

— E sua esposa?

A expressão no rosto dele foi o suficiente.

— Eu me enchi dela. Ou ela que se encheu de mim. Não me lembro qual.

— Então, em todos esses anos de garimpo, alguma vez encontrou o grande filão?

Ele abanou o ar à sua frente.

— Que nada. Achei ter encontrado, algumas vezes, mas já tinha secado.

— Há quantos anos está procurando?

— Um bocado. Desde que eu tinha idade suficiente para segurar uma panela. E ainda estou procurando.

— Como faz isso? — perguntei. — Prossegue por setenta anos, sem sucesso.

— Sucesso? — ele me encarou. — Estou em cima da terra, relativamente saudável, tenho bons amigos, meus filhos não estão presos; não sei qual é a sua definição de sucesso, mas essa é a minha.

— Claro — respondi, sentido a repreensão. — Quis dizer todos esses anos, sem encontrar o que está procurando...

— Ah — disse ele. — A questão é o que teria acontecido, se eu tivesse encontrado? — e apontou um dedo ossudo pra mim. — A pior coisa que você pode dar a um homem é o que ele quer. Procurar é que é o negócio. Quando um homem consegue o que está procurando, a estrada termina, não é? — sorriu. — Mas você é jovem. Vai entender.

Enquanto repensava isso, uma velha caminhonete Dodge parou no acostamento, à nossa frente.

— Eu vou nessa. Quer uma carona?

— Não, estamos só caminhando.

— É um bom dia pra isso. Vão com segurança. Às vezes os caminhões de madeira passam perto demais do acostamento. — ele abriu a porta do passageiro e entrou, e a caminhonete saiu veloz.

A maior parte do dia foi uma caminhada tranquila, com acostamentos largos e sombra à vontade. Kailamai e eu conversamos bastante, passando por assuntos tão vastos como religião e o motivo para que eu nunca tivesse tido um cão de estimação. E também tinha as suas piadas.

— Um médico estava falando com o paciente e disse: "Tenho más notícias e péssimas notícias". O paciente perguntou: "Qual é a má notícia?", e o médico respondeu: "Você só tem vinte e quatro horas de vida". O paciente respondeu: "Ai, não! O que pode ser pior do que isso?". E o médico disse: "Estou tentando falar com você desde ontem".

Depois de caminhar 32 quilômetros durante o dia, nós entramos na floresta nacional de Coeur d'Alene e a estrada começou a subir novamente. Os acostamentos eram inclinados e inviáveis para acampar, e estava escurecendo quando chegamos à divisa estadual de Montana e à estação de esqui Lookout Pass.

Fomos até a porta da frente do *resort*, mas mesmo ainda havendo um pouco de neve no solo o hotel estava fechado por causa do fim da temporada. O lugar parecia abandonado, então nós levamos nossa barraca para a parte de trás do prédio principal. Eu estava montando a última haste de nossa barraca quando Kailamai sussurrou

— Alan.

Ela estava apontando discretamente para um homem em pé, perto do hotel, olhando pra nós.

— O que pensam que estão fazendo? — ele perguntou.

Levantei-me, mas não respondi. Não respondo perguntas retóricas.

— Boa noite — cumprimentei.

— Vocês não podem acampar aqui — disse ele, asperamente. — É propriedade privada.

Caminhei em sua direção.

— Desculpe, mas não tem nenhum outro lugar por aqui e está escurecendo. Prometo que teremos partido antes que chegue alguém, pela manhã.

Ele olhou para Kailamai, depois de volta pra mim.

O *Caminho*   275

— Vocês não estão encrencados com a lei, estão?

Kailamai veio até o meu lado.

— Não — respondeu ela.

— Você sabe que provavelmente não contaríamos, se estivéssemos, mas não, não estamos. Desculpe a invasão. Teríamos alugado um quarto, mas não tem ninguém aqui. — eu continuei.

— Nós fechamos dia 15 — disse o homem.

— Por favor, deixe-nos acampar aqui — pediu Kailamai — Eu estou muito cansada. Partiremos cedo.

O homem expirou ruidosamente, depois sacudiu a cabeça.

— Peguem suas mochilas e venham comigo.

Nós deixamos nossa barraca e o seguimos até a traseira do hotel. Ele pegou um molho de chaves e destrancou uma porta.

— Podem ficar aqui. Não tem lençóis nas camas, mas imagino que vocês tenham sacos de dormir. A cama será mais macia que o chão. Vocês podem ligar o aquecedor, mas desliguem ao sair.

— Posso lhe pagar alguma coisa? — perguntei.

Ele sacudiu a cabeça.

— Não. Só não quebrem nada e partam antes das dez.

— Faremos isso.

— Obrigada — disse Kailamai.

O homem virou e foi embora. Uma gentileza inesperada. Nem consegui saber seu nome.

CAPÍTULO
Quarenta e um

*Napoleão disse: "Minha vida mudou no
dia em que descobri que um homem
morreria pela fita azul de distinção".*

*Minha vida mudou no dia em que eu li isso.
E almocei mariscos no vapor.*

Diário de Alan Christoffersen

Deixamos a hospedagem às 08h30. A estrada para Montana era uma descida íngreme. Ao meio-dia nós paramos no Mangold's General Store e Motel, em Haugan. Depois de comprarmos um estoque de suprimentos, caminhamos uns cinquenta metros até o Montana Bar and Grill. Um enorme cão labrador preto estava deitado na entrada do bar. Ele não se mexeu, então pulamos por cima dele. O interior do bar era decorado com cabeças de pumas, alces e carneiros, perfilados por um sortimento bizarro de carcaças de motos de neve. Ao entrarmos, Kailamai olhou os animais e disse:

— Bem-vindo à sala da morte.

Havia música *country* tocando nas caixas de som, acompanhada por vários barulhos e campainhas das máquinas de vídeopôquer. O fogo estalava na imensa lareira de pedra e na parede atrás da mesa de sinuca de feltro verde havia um aviso pendurado, escrito à mão, que dizia:

Intervalo da bola oito.
Na hora de seu intervalo, acerte a bola oito
na caçapa e ganhe a bolada.
O bartender tem que ver para pagar.
Preço da jogada: 1 dólar

Um homem estava sentado no bar e outro jogava vídeopôquer. Ao entrarmos, o homem sentado atrás do balcão do bar gritou:

— Podem sentar em qualquer lugar.

Nós sentamos numa mesa perto da porta da frente, enquanto ele nos trazia os menus.

— O que tem de bom? — perguntei.

— A especialidade da casa são os mariscos no vapor, cozidos com alho e vinho branco. Eu lhes darei um minuto para dar uma olhada em seus cardápios. Posso lhes trazer uma cerveja?

— Não. Eu gostaria só de água.

— Eu também — disse Kailamai.

Mariscos no vapor não são exatamente o que se espera encontrar num bar de caubói, no nordeste de Montana, mas os mariscos acabaram sendo muito bons e eu comi um prato inteiro. Kailamai pediu uma terrina de sopa de tomate e um queijo quente.

Enquanto terminávamos nossa refeição, ela disse:

— Tenho pensado em lhe perguntar algo.

— Vá em frente.

— Naquela noite, quando você puxou a arma para aqueles caras, por que apontou para o garoto magro? Ele era o único que não estava me fazendo nada.

— Psicologia — respondi.

Ela estreitou os olhos.

— Psicologia?

— É assim. Um homem morrerá por sua honra. Se mirasse no líder, ou ele pareceria um covarde e correria ou se arriscaria, e me obrigaria a alvejá-lo: duas situações ruins. Se eu apontasse para os outros dois caras, eles sentiriam a pressão intensa do líder, então novamente talvez fizessem algo imbecil e eu teria que atirar neles. O garoto magro já tinha provado que não queria ter qualquer participação, portanto, ao escolhê-lo, os outros três podem salvar a pele, sair como heróis por ter salvado o amigo e ir embora. Você precisa dar uma saída às pessoas, ou as circunstâncias assumem a cena.

— Nossa, como você é esperto. Você realmente pensou nisso tudo tão rápido?

— Não. Na verdade, o garoto magro era o que estava mais perto. Imaginei que provavelmente não erraria.

Kailamai começou a rir.

— Você é tão bobo.

Terminamos de comer e outra vez pulamos por cima do cachorro, ao sairmos.

— Montana faz com que você se lembre que o Velho Oeste ainda existe — eu disse.

Kailamai respondeu:

— Espere até que você veja Wyoming.

Naquele dia nós acrescentamos 43 quilômetros, caminhando por um interior bonito e rústico.

Aproximadamente oito quilômetros depois de sairmos de Haugan, nós passamos por uma placa que dizia ESTUFA BOTÂNICA HISTÓRICA. Não foi a parte histórica que achei tão estranha, mas a ideia de uma estufa no meio de uma floresta sem fim: era como ter um lago de água salgada no meio do oceano.

— Talvez por isso que seja histórico — disse Kailamai. — Eu te contei aquela do pato?

Sacudi a cabeça.

— Acho que não.

— Um pato entra numa farmácia e pede protetor para lábios secos. O caixa diz ao pato: "É um dólar e quarenta e nove". O pato responde: "Põe na minha conta, eu vou passar no bico".

Acho que ri por uns cinco minutos.

CAPÍTULO

Quarenta e dois

Há dois tipos de sofrimento nessa vida. Aquele que nos procura e aquele que estamos dispostos a procurar.

Diário de Alan Christoffersen

A semana seguinte de caminhada nos levou a atravessar St. Regis, Clark Fork, Missoula, Drummond e Phosphate, quando seguíamos até Butte.

A cada dia passado com Kailamai nós ficávamos mais à vontade um com o outro, e embora ela se abrisse mais comigo, ainda assim nunca falava de seu passado, o que só aumentava a minha curiosidade.

Ao longo desse trajeto não havia muitos atrativos e acampamos todas as noites em nossa barraca, exceto em Clark Fork, onde recebemos um convite inesperado para jantar, ao lado de uma área de pesca chamada St. John's. A placa da entrada especificava:

PROIBIDO PERNOITAR ACAMPADO

A placa logo abaixo mostrava os peixes que podiam ser encontrados no rio:

Truta boi, truta arco-íris, truta marrom e
truta westlope cutthroat

Por volta do anoitecer, nós fizemos um ligeiro desvio da estrada, e estávamos caminhando junto ao rio quando um homem pôs a cabeça pra fora da porta traseira de seu *trailer* estacionado.

— Vocês já comeram?

Eu olhei.

— Desculpe?

— Você já comeram?

— Não.

— Então venham. Estou servindo.

Kailamai me olhou e eu sacudi os ombros.

— Acho que está na hora de comer.

O homem abriu a porta de seu *trailer* para entrarmos.

285

— Cuidado com o degrau — ele recomendou, pegando a mão de Kailamai e ajudando-a a subir.

Segui atrás dela, fechando a porta estreita atrás de mim. O *trailer* era confortável, não era velho, apenas usado, e estava preso à traseira de uma caminhonete Ford. Tinha geladeira, som, televisão, fogão e forno à gás, mesa com tampo de fórmica e várias almofadas para sentar ou dormir.

Nosso anfitrião era alto, talvez com 1,90 m, e cabelos castanhos avermelhados já ficando ralos. Ele estava trajado como um homem que vive ao ar livre, de camisa de flanela e um colete de pesca com iscas penduradas.

— Vou fritar um pouco da truta arco-íris e da marrom — disse ele. — Esta tarde pesquei mais que o habitual, portanto tem de sobra para comermos.

— Parece bom — eu disse, tentando parecer amistoso. Dava pra ver que Kailamai não sabia como analisar a situação, nem nosso anfitrião.

O homem tinha conhecimento do manuseio de um peixe, facilmente tirando a espinha com um canivete, e eu imaginei que ele pudesse fazê-lo de olhos vendados.

Observá-lo me fez lembrar de um tempo atrás, quando McKale levou uma truta pra casa, comprada no Safeway do bairro. Meu pai não era um homem da natureza e nunca me levou para pescar ou caçar, portanto não tinha certeza do que fazer com o peixe.

— Achei que você fosse um escoteiro — disse-me McKale.

— Há muito, muito tempo — respondi, acrescentando — Numa galáxia distante. E nunca tive que tirar a espinha de um peixe.

— Você não acampou ao ar livre? — perguntou ela.

— Sim.

— O que comeu?

— Comi mais Pop-Tarts — respondi.

— Era de se imaginar — ela sorriu.

O homem fatiou o peixe cru tirando as tripas, depois virou ao contrário e tirou a espinha intacta. Ele jogou o lixo num saco plástico pendurado num dos puxadores do armário. Depois cortou a cabeça e o rabo do peixe, jogou num saco separado e começou a limpar outro peixe.

— O que faz com essas partes? — perguntou Kailamai, apontando para o segundo saco.

— São para os gatos — ele respondeu.

Quando o peixe todo estava cortado em filés, juntou tudo num saco marrom, cheio de massa de panqueca, sacudiu, depois foi colocando os filés, dois de cada vez, numa frigideira de óleo quente, até ficarem dourados e crocantes. Ele os serviu em pratos de papel para nós, junto com um pouco de porco e feijão.

— Vocês são bem-vindos para comerem aqui dentro — disse o homem, abrindo a porta do *trailer.* — Eu prefiro comer do lado de fora.

Olhei para Kailamai.

— Estou com frio — disse ela.

— Você pode ficar aqui dentro — sugeri — Eu vou lá pra fora.

Peguei meu prato e segui o homem lá pra fora, até a traseira do trailer. Ele já estava sentado numa cadeira dobrável de vinil, de frente para o rio.

— Puxe uma — disse ele, apontando para uma cadeira idêntica, recostada na caminhonete. Eu abri com uma das mãos, depois sentei ao seu lado. Cortei a truta com o garfo e comi. Estava macia e adocicada por dentro.

— Está delicioso — eu elogiei.

— Tudo é mais gostoso ao ar livre.

Dei outra garfada. Morando em Seatltle, já tinha comido em alguns dos melhores restaurantes de frutos do mar da América, mas nunca tinha experimentado um peixe tão bom.

— Sabe, eu ainda não sei seu nome.

— É bom, não é? Não se misturar com nomes e marcas? Apenas ser. Por aqui, nomes são superficiais. É como deve ser.

Francamente, sempre achei que nomes eram uma ideia boa, mas depois dessa crítica não me atrevi a perguntar o nome dele, nem a dizer o meu.

Ele tirou um cachimbo do colete, depois uma caixa de fósforos. Segurou o fósforo acima da boca do cachimbo e sugou para puxar a brasa. Quando o cachimbo estava aceso, ele jogou o fósforo no chão, inalou profundamente, depois soltou a fumaça lentamente. Me perguntou:

— Faz tempo que você está caminhando?

— Um pouco. Comecei em Seattle.

— É uma boa caminhada. Para onde está indo?

— Key West.

Ele me olhou, cético.

— É mesmo?

— Sim, senhor.

Ele sugou o cachimbo.

— Passei um tempo em Keys, pescando marlim. Lar do Papa Hemingway, Tennessee Williams e Jimmy Buffet.

— Imagino que você pesque bastante — eu disse.

— Pode-se dizer isso.

— De onde você é?

— Em minha antiga vida, Queens.

— Queens, Nova York? — perguntei.

Ele assentiu e emendou uma pergunta:

— Há quanto tempo está casado?

— Sete anos.

— Sete, é? Não tem lei em Seattle contra casamentos com menores?

Eu sorri.

— Quer dizer... — Como não estávamos usando nomes, apontei meu polegar para o *trailer*. — Ela é apenas uma companheira de caminhada. Minha esposa faleceu há seis meses.

— Lamento ouvir isso. — ele deu um longo trago no cachimbo. — Eu já tive uma esposa. E também a perdi.

Foi tudo que ele disse. Depois de um minuto perguntei.

— Ela morreu?

— Nosso casamento morreu. — ele me olhou. — Eu o assassinei com o trabalho.

— Onde você trabalhava?

— Trabalhei numa empresa chamada Young and Rubicam.

Por essa eu não esperava. A Young and Rubicam é uma das maiores e mais prestigiadas agências de propaganda do mundo.

— Você trabalha em publicidade?

— Então você já ouviu falar — ele disse, não muito contente por eu ter mencionado.

O Caminho 289

— Eu também era publicitário — esclareci. — O que você fazia?

— Atendimento ao cliente, gerenciamento de conta, não sei como chamam hoje em dia. Eu cuidava da conta da Chanel.

— É uma conta grande.

— Cento e cinquenta milhões de dólares — disse ele, lentamente. — Você não tem uma conta como a da Chanel, é a conta que tem você. Eu estava sempre longe. Nos aniversários de casamento, festas da vizinhança, aniversários, no enterro do meu sogro. Minha esposa se tornou uma estranha. Podia lhe dizer precisamente que perfumes as mulheres americanas estavam usando, em qualquer cidade da América. Mas não sabia o tipo de flor que minha esposa gostava. Eu nem sabia que tipo de perfume ela gostava. Um dia voltei mais cedo de uma viagem de negócios e a encontrei com outro homem. Ele ficou aterrorizado, é claro. Tenho certeza de que ele achou que eu iria matá-lo, numa crise de ciúme. Ele disse: "Não sabia que ela era casada. Honestamente". Minha esposa disse: "Então você tem algo em comum com meu marido". — ele sacudiu a cabeça. — Eu tenho de reconhecer isso nela, foi algo muito inteligente, diante das circunstâncias. Ela sempre foi sagaz e veloz.

Eu não tinha certeza do que dizer.

— Nós nos divorciamos, é claro. Eu saí do meu emprego, comprei essa caminhonete e comecei a pescar. — ele colocou o prato no chão. — Imagino que sua esposa nunca tenha tido vontade de partir.

Eu olhei para o rio.

— Não, ela teria ficado. — virei de volta pra ele. — Você algum dia tentou consertar as coisas com sua esposa?

— Quando superei minha ira, eu pedi para que ela ficasse. Até disse que sairia do meu emprego. Mas era meio tarde.

— Tive uma pequena agência em Seattle. Também trabalhava muito, mas minha esposa estava envolvida. Ao menos o quanto ela queria.

— Inteligente — disse ele. — Isso não poderia ter acontecido numa agência grande.

— Não, não poderia — concordei.

— Acho que eu fiquei viciado no estresse.

— Eu já vi isso acontecer — afirmei. — O estresse é como uma droga. Também irá matá-lo. Por isso você pesca.

— Por isso eu pesco. — ele deu outra longa tragada em seu cachimbo, depois soltou lentamente. — O que você vai fazer, quando chegar a Key West?

— Não sei. Comer um pouco de torta de limão de *key*.

Ele começou a rir, primeiro quase imperceptivelmente, depois quase se dobrou de rir. — Comer um pouco de torta de limão de *key* — disse ele. — Comer torta de limão de *key*.

Até terminarmos de comer já estava escuro.

— Obrigado pelo jantar. É melhor a gente ir andando — eu disse. — Nós ainda temos que montar acampamento.

— Onde vão acampar essa noite?

— Não tenho certeza. No primeiro *camping* que encontrarmos.

— Vai demorar um bocado — disse ele. — Não tem nada por aqui. Vocês são bem-vindos para ficar comigo. Há alguns beliches lá atrás. Posso dormir lá em cima, na cabine.

— Achei que não fosse permitido pernoitar acampado.

— Não estou acampado — disse ele. — Estou estacionado.

Lábia de publicitário, pensei.

Dormi num beliche acima da cabine da caminhonete e Kailamai dormiu nas almofadas acima da mesa. Ela ainda estava um pouquinho apreensiva quanto ao nosso anfitrião e depois que eu apaguei a luz ela sussurrou pra mim:

— Você não acha que ele seja um *serial killer* ou algo assim, acha?

— Não — sussurrei de volta. — Pior.

— O quê?

— Ele é publicitário.

Eu estava quase dormindo quando Kailamai disse:

— Dois pãezinhos estão no forno, e um diz ao outro: "Nossa, como está quente aqui dentro". E o outro responde: "Minha nossa, um pãozinho que fala!".

CAPÍTULO

Quarenta e três

*Dava a impressão de que boa parte do orçamento
estadual de Montana havia sido usada para
a construção de marcadores históricos.*

✦ Diário de Alan Christoffersen ✦

O publicitário (ele nunca nos disse seu nome) fez café pra nós, uma mistura que chamava de *scramble mamble* e levava batatas picadinhas, ovos, queijo *cheddar*, truta, cebola e bacon. Na verdade, até que era bem gostoso.

Nós agradecemos, desejamos sorte a ele e seguimos rumo a Missoula.

— Aquele cara gosta de pescar — disse Kailamai.

— Todo mundo precisa de um motivo para levantar de manhã — falei.

O tráfego foi ficando mais intenso conforme nos aproximamos de Missoula, e eu estava certo de que seríamos parados pela Polícia Rodoviária, mas isso não aconteceu. Quando saímos em direção à cidade passamos por um *outdoor* anunciando o "Festival do Testículo".

— O que você acha que é isso? — Kailamai perguntou.

— Não quero saber — respondi.

Mais adiante, naquela tarde, nós paramos numa loja de conveniência, num posto de gasolina, para comprar mais água e torta de maçã Hostess para Kailamai. Ao sairmos da loja, passamos por um *semitrailer* abastecendo na bomba de gasolina. Um caminhoneiro estava sentado no para-choque dianteiro de seu caminhão.

— Olá! — ele nos cumprimentou, erguendo levemente a ponta de seu boné. Ele estava de camisa de flanela e seu cinto tinha uma fivela do tamanho de uma panqueca.

— Poderia nos dizer onde fica o próximo hotel? — perguntei.

— Depende da direção que estão indo. Leste ou oeste?

— Leste.

— Quase cinquenta quilômetros, talvez.

Eu gemi.

— Obrigado. — Virei-me.

293

— Precisam de uma carona? Estou seguindo naquela direção.

— Não, obrigado. Estamos caminhando.

— Está certo. Vão com cuidado.

Os caminhoneiros são sempre prestativos.

Algumas horas depois, falei:

— Descobri uma coisa.

— O quê? — perguntou Kailamai.

— Há um segredo nos nomes das cidades de Montana. Você escolhe um animal e depois uma parte de seu corpo e mistura os dois.

Ela me olhou como se eu fosse maluco.

— Não, sério, pense nisso. Passamos por Beaver Tail (rabo de castor), Bearmouth (boca de urso), Bull's Eye (olho de boi): as possibilidades são infinitas.

— Eu poderia ser boa nisso — falou Kailamai. — Poderíamos batizar a próxima cidade de Moose Antler (chifres de alce).

— Totalmente possível — afirmei. — Ou Otter Tail (rabo de lontra).

Começamos a nos empolgar.

— Rabbit's Foot (pé de coelho).

— Badger Paw (pata de texugo).

— Espere, eu tenho a melhor de todas. Monkey Butt [bunda de macaco], Montana.

Nós dois começamos a rir. Eu gostava dessa garota.

A próxima cidade aonde chegamos não estava de acordo com a minha fórmula de nomes: Drummond. Mas o primeiro restaurante pelo qual passamos, estava. Café Bull's End [traseiro de boi]. Uma placa na frente proclamava O MOLHO DE CHURRASCO DE PAULINE É FEITO AQUI, embaixo do traseiro de um boi. Não era de surpreender que o estabelecimento estivesse fechado.

O *Caminho*   295

— Isso é nojento — disse Kailamai. — Que parte disso deveria fazer com que alguém queira comer aí?

— Por isso existem agências de publicidade — observei.

Um pouquinho mais adiante, na estrada, nós chegamos ao Frosty Freeze, uma edificação desgastada, em formato de chalé, com uma janela de pedidos para viagem. Na frente havia um porco de madeira pintado segurando uma bandeira americana, embaixo de uma placa que anunciava *SLOPPY JOES* ITALIANOS, VOCÊ VAI AMÁ-LOS!

O lugar parecia abandonado, mas havia um aviso de papel dizendo ABERTO, na vitrine. Assim que nos aproximamos uma mulher magicamente surgiu no balcão.

— Em que posso servi-los? — perguntou ela, ainda com um forte hálito do cigarro que eu podia ver soltando fumaça, atrás dela.

— Vou experimentar seu *sloppy joe* italiano — respondi. — E você, Kailamai?

— Também vou querer o *sloppy joe*. Posso pedir batata frita?

— Queremos duas batatas fritas e uma Coca *diet* pra mim.

— Temos produtos da Pepsi — disse ela.

— Tudo bem, uma Pepsi *diet* e um Sprite pra ela.

— Não temos Sprite, temos produtos da Pepsi.

— O que for parecido com Sprite — eu disse.

— Sierra Mist — disse ela, deixando a janela para preparar nossa refeição.

O especial acabou sendo um *sloppy joe* com queijo provolone, cebola e alho que estava surpreendentemente bom, embora Kailamai tenha catado a cebola.

Naquela noite, nós armamos nossa barraca perto de um campo de golfe.

— Você joga golfe? — perguntou Kailamai.

— Eu costumava jogar — respondi, saindo do meu saco de dormir.

— Um homem estava jogando golfe com seus amigos. Ele estava para dar uma tacada quando um carro funerário passou, liderando uma procissão fúnebre. O homem pousou seu taco, tirou o chapéu e colocou sobre o coração até a que a procissão passasse. Seus amigos ficaram impressionados: "Essa foi a coisa mais decente que eu já o vi fazer", disse um deles. "Era o mínimo que eu podia fazer", respondeu ele. "Fomos casados por trinta e dois anos".

CAPÍTULO
Quarenta e quatro

*Hoje eu fiquei sabendo da história de Kailamai.
É difícil acreditar que alguém com tantas provações tenha
esperança quanto crer que haja aqueles com tantas
vantagens e são tão desesperançados.*

Diário de Alan Christoffersen

Na manhã seguinte o rio que seguia nossa jornada de forma intermitente estava novamente fluindo ao nosso lado. Não sei por que o som do rio me fez sentir paz; ouvi dizer que isso tem algo a ver com nossa experiência no útero, mas poucas coisas trazem tanta calma quanto o som da água fluindo.

Talvez tivesse algo a ver com o fato de ser ali, ao longo daquele trecho árido de rodovia, que Kailamai finalmente tenha me contado sua história. Nós caminhávamos em silêncio, há alguns minutos, quando ela falou:

— Você não disse nada sobre sua mãe.

— Ela faleceu quando eu tinha oito anos.

— Você se lembra dela?

— Ela era adorável — respondi, triste. — Era a pessoa mais bondosa que conheci. Uma vez eu a vi dando dinheiro para um mendigo, na rua. Meu pai ficou muito zangado. Ele disse: "Você sabe que ele vai simplesmente usar pra comprar bebida". Minha mãe falou: "Talvez isso seja o que ele mais precise agora". Se o mundo fosse povoado por gente como ela, não haveria guerras nem carência. — franzi o rosto. — Sinto falta dela. Depois de todo esse tempo, ainda sinto falta dela.

— Eu gostaria de ter uma mãe assim — disse Kailamai.

Ela abaixou a cabeça e nós seguimos em silêncio. Depois perguntou:

— Você quer saber por que eu fui colocada para ser criada em lares adotivos?

— Se você estiver pronta para me contar, sim.

— É uma história meio comprida.

— Temos uma longa caminhada pela frente — eu disse.

— Tudo bem. — ela respirou fundo. — Minha mãe era o oposto da sua. Ela era muito abusiva. Na verdade, tanto minha mãe quando minha irmã mais velha. Enquanto eu crescia, achava que apanhar fazia parte da vida. Minha irmã me batia quase todo dia e minha mãe me dava uma surra pelo menos uma vez por semana. Uma vez ela me bateu tanto que eu demorei mais de uma hora pra conseguir me arrastar até meu quarto.

Agora eu entendia por que ela não lamentava pela mãe morta.

— O que havia de errado com elas para pensarem que podiam te bater? — indaguei.

— Não sei. — ela afastou os cabelos do rosto. — Provavelmente batiam porque podiam. Eu era menor que elas, e simplesmente eram más. Elas nunca diziam nada do tipo "com licença", coisas assim, só davam um empurrão pra te tirar do caminho ou te puxavam pelo cabelo. Então, na quarta série eu percebi que nem todo mundo tinha um lar como o meu. Não conseguia acreditar que alguns dos meus colegas de sala realmente gostavam de seus pais.

— Isso é muito triste — refleti.

— Minha mãe era alcoólatra. Ela vivia de assistência social e cupons, e do que os homens lhe davam. Quando fiquei um pouquinho mais velha, os homens que minha mãe trazia pra casa começaram a reparar em mim. Eu sabia que minha mãe via o que estava acontecendo, mas ela agia como se não fosse nada de mais. Depois, minha mãe se casou com um deles e ele se mudou pra nossa casa. Kurt — disse ela, torcendo ligeiramente a boca ao dizer o nome. — Era um viciado em *meth*[*] e também viciou minha mãe e minha irmã. Eu não gostava de droga, então ele me odiava. Uma vez minha irmã estava me batendo e ele ficou ali sentando, torcendo por ela. Foi a pior surra que ela me deu. Ele também me batia. Mas não era por estar zangado, era como se ficasse excitado. Ele ficava zangado comigo por coisas bobas, como dizer que eu não tinha trocado o papel higiênico, então ia ver. Ele gostava de prolongar. Uma vez, ele me fez ficar sentada na garagem, esperando uma hora, até ele vir me bater. Geralmente me fazia baixar a calça, pra bater no meu traseiro nu.

— Por que você não dizia a ninguém?— perguntei, indignado.

Ela chutou uma pedra.

— Não é tão fácil assim — disse ela. — Você simplesmente aceita como é.

Eu franzi o rosto.

— Mas a escola era legal. Quando cheguei ao ensino médio minha vida mudou. Eu tinha uma professora de história que gostava muito de mim. A

---

[*] Gíria norte-americana para metanfetamina, droga estimulante do sistema nervoso central que provoca euforia, aumento da autoestima e do estado de alerta, ampliação do apetite sexual e das sensações e intensificação das emoções. (N. do E.)

O Caminho   301

senhora Duncan. Ela me dizia o quanto eu era inteligente. Uma vez tirei a maior nota da sala, num teste, e ela ergueu meu teste e mostrou para a sala toda. Até me deu seu telefone celular, e disse que eu podia ligar a qualquer hora, se tivesse alguma pergunta. Nunca liguei, mas era legal saber que podia. Então, um dia, pouco antes de terminar a aula, a enfermeira da escola me chamou até sua sala. Ela começou a me perguntando sobre os hematomas no meu braço. Eu menti. Disse que tinha caído na escada. Depois ela me perguntou sobre minha mãe. Fiquei com muito medo e disse que estava tudo bem em casa, mas ela sabia que eu estava mentindo. Finalmente, depois de uma hora de perguntas, eu simplesmente desmoronei e contei tudo. Ela ouviu e fez anotações. Quando terminei de falar, ela disse: "Eu quero que você vá pra casa e arrume uma mala. Alguém irá buscá-la". Mas não disse quem iria. Então voltei pra casa, imaginando o que aconteceria. Quando cheguei, minha mãe estava furiosa. Ela disse que eu tinha deixado uma bagunça na cozinha e veio atrás de mim. Eu nem corria mais, porque isso a deixava mais zangada, então só fiquei ali, enquanto ela me batia. Quando acabou, eu estava com o nariz sangrando, caída no chão, e ela me deu um chute na bunda e disse pra eu limpar o sangue que estava no carpete, e depois ir para o meu quarto. Limpei o sangue, depois, quando estava indo para o quarto, ela falou uma coisa que doeu mais que a surra: "Por que você teve que nascer?". Eu meio que pirei. Respondi: "Não precisa mais se preocupar comigo. Alguém vem me pegar e me levar embora". Ela começou a rir: "Quem iria querer uma merdinha que nem você?". Foi como um milagre, porque bem nessa hora alguém tocou a campainha. Minha mãe olhou para a porta, depois pra mim, depois de volta pra porta. Ela ficou tipo paralisada. Bateram com força na porta, depois um homem gritou: "Abra, é a polícia". Minha mãe abriu. Havia seis policiais. Foi muito assustador. Dois deles foram até minha mãe e começaram a gritar, e outro veio até mim. Eu achei que ele fosse gritar comigo também, mas ele não gritou. Ele perguntou: "Você é Kailamai?". Eu disse que sim. E ele: "Vá lá em cima e arrume suas coisas". Eu subi correndo, joguei tudo que eu tinha numa fronha e desci. Quando cheguei lá embaixo o policial disse: "Se você quiser, pode se despedir da sua mãe". Eu fui dar um abraço na minha mãe, mas ela não quis. O policial ficou muito zangado e disse: "Abrace sua filha!". Ela me abraçou, mas só porque estava com medo. Quando estávamos saindo eu comecei a chorar e olhei de volta pra ela, que disse: "Você é filha do diabo". Um dos policiais retrucou: "Então, isso significa que o diabo é você. Vamos lidar com você mais tarde". Eles me puseram na traseira de um carro da polícia.

— Isso deve ter sido assustador — comentei.

— Foi mesmo. Quer dizer, o policial era legal e tudo. Ele me perguntou que estação de rádio eu gostava. Mas eu ainda estava com muito medo. Ele não me disse para onde estávamos indo. Eu achei que ia pra cadeia. Em vez disso, ele me levou ao alto de uma montanha, onde havia outros dois carros estacionados. Uma mulher alta e ruiva saiu de um deles. Ela era a assistente social do meu caso. Então uma mulher e a filha saíram do outro carro. Lois e Mabel Thompson. Foi meu primeiro lar adotivo. Eu fui tipo a vigésima criança delas, portanto elas sabiam o que estavam fazendo. Eram muito legais. Depois de um ano e meio, o estado me mandou de volta pra minha mãe. A corte obrigou-a a fazer aulas de como ser uma mãe decente e ela estava toda melosa quando me levaram de volta. Aquilo durou umas duas horas, depois ela voltou a ser como antigamente. Pouco antes que eu fosse dormir, ela bateu na minha cabeça e disse que tinha se encrencado toda por minha causa, e eu pagaria por isso. No dia seguinte seu marido me levou para a garagem, me fez tirar a calça e me bateu de cinto. Um vizinho me ouviu gritar e ligou para a polícia. Eles vieram me buscar na hora e me levaram para um lugar chamado Children's Village. Fiquei lá por alguns meses, menos quando fui mandada para um hospital psiquiátrico.

— Por que te mandaram para um hospital psiquiátrico? — perguntei.

— Porque eu mandei uma carta para o juiz, dizendo que se ele me mandasse de volta para minha mãe eu ia me matar. Ele não gostou muito disso.

Olhei pra ela, sério.

— Você teria feito isso?

— Talvez. Eu estava pensando a respeito. Depois do hospital, me mandaram para viver com um casal, o David e a Karlynne. Eles eram legais. Eu era a primeira criança de criação que tiveram, então tudo era meio difícil pra eles. Karlynne tinha um emprego e precisava viajar muito, o que significava que eu tinha que ficar em casa sozinha com seu marido. David nunca fez nada de mal pra mim, mas eu realmente não confiava nos homens, então eu disse a ela que tinha medo de ficar sozinha com ele, por uma semana. Mas ela precisava trabalhar, então partiu, e no segundo dia eu entrei em pânico e liguei para a assistente social e vieram me buscar.

— Você não parece desconfortável comigo — eu disse.

— Você é diferente.

— Diferente como?

O *Caminho* 303

— Não sei. Eu simplesmente gosto de você.

— Eu também gosto de você — admiti. — Então, o que aconteceu depois?

— Depois disso eles mudaram a minha assistente social. A nova era horrível. Ela não acreditava que a minha mãe fosse tão ruim como eu contava, então solicitou que eu fosse mandada de volta pra casa. Eu disse que me mataria e ela simplesmente disse que eu era manipuladora do sistema. Eu não gostei dela. Liguei para o seu supervisor e eles a trocaram.

Eu perguntei:

— Que idade você tinha, nessa época?

— Não faz muito tempo. Talvez uns seis meses. Enquanto o estado estava tentando decidir o que fazer comigo, minha mãe abriu mão de seus direitos sobre mim. O estranho é que ela morreu uma semana depois. — ela me olhou. — História real.

— Como ela morreu?

— Não sei. Ela era muito gorda e tinha diabetes e pressão alta, então só disseram que foi de morte natural. Mas, honestamente, eu acho que seu marido a matou. Ninguém sabe... não houve uma daquelas coisas que fazem pra ver por que você morreu.

— Uma autópsia?

— É — assentiu. — Uma autópsia. — ela pôs as mãos nos bolsos. — Eles me colocaram de volta num orfanato por um tempo. Depois me mandaram para uma nova família adotiva, os Brysons. Mas eles eram muito severos e negativos e eu simplesmente não aguentei, então, um dia, enquanto a senhora Bryson estava fazendo compras no mercado, eu fugi. E estava na rua, desde então.

— E isso a levou ao lugar onde eu a encontrei — eu disse.

Ela concordou.

— Vida bem inacreditável, hein?

— O que me parece inacreditável é a forma como você conseguiu se manter tão positiva. Eu tenho estado com você há mais de uma semana e você nunca reclamou.

Ela sorriu.

— Ouvi alguém dizer: "Todo mundo tem problemas. A questão é a forma como você lida com eles. Algumas pessoas escolhem ser choronas, outras escolhem ser vencedoras. Algumas escolhem ser vitoriosas, outras escolhem ser vítimas".

Eu sorri, imaginando onde ela teria aprendido isso.

Coloquei a mão em seu ombro.

— Você é do tipo que acha que o copo está metade cheio e não metade vazio.

— Não — retrucou ela. — Eu sou grata pelo copo.

— Mas que extraordinário. — eu reconheci, sorrindo.

CAPÍTULO
Quarenta e cinco

*Há momentos em que o Arquiteto da
Vida nos dá breves vislumbres do projeto
para que possamos fazer a nossa parte.*

Diário de Alan Christoffersen

Dois dias depois nós entramos em Butte, Montana, que tem a placa de entrada mais legal que eu já tinha visto: um antigo elo de mineração com um fio de luzes brancas.

Butte é uma cidade de primeira linha, com cinemas e shopping centers e pelo menos uma dúzia de opções de hotéis. Escolhi o Hampton Inn e, seguindo a recomendação do recepcionista, Kailamai e eu jantamos num restaurante de carnes chamado Montana Club.

Estávamos esperando pela nossa entrada quando tive uma ideia de gênio. Deve ter transparecido em meu rosto, porque Kailamai me olhou intrigada.

— O que foi?

— Nada — respondi.

— Por que você está me olhando assim?

— Eu só estava pensando — comecei, vagamente. — Deixe-me perguntar uma coisa: se você pudesse ter qualquer vida que quisesse, como seria?

— Você quer dizer, tipo, se eu pudesse ser a rainha do mundo ou a Britney Spears?

— Eu estava pensando em algo mais realista. — sorri.

Ela pensou em minha pergunta.

— Bem, já que isso é uma fantasia e eu poderia ter qualquer coisa, eu moraria numa bela casa, perto da faculdade, onde eu estudaria para ser advogada. A casa não precisa ser uma mansão, só um lugar legal que tenha um cheiro bom. E não gostaria mais de ser tratada como uma criança adotiva, mas ainda iria querer morar com alguém um pouco mais velho, para que pudesse me ensinar coisas que gente com vida normal já sabe. Mas esse alguém seria divertido e brincalhão, e não iria me esculachar o tempo todo. Alguém como você.

— Eu não sou divertido.

— Está vendo? Você está sempre brincando. — retrucou ela. — E nós iríamos ao cinema, de vez em quando, ou iríamos fazer trilha. Eu ajudaria a cuidar da casa, porque não ia querer que meu companheiro de moradia me achasse uma folgada.

— Você tem certeza de que é realmente isso que você quer? — perguntei.

— Isso seria o céu.

— E se eu pudesse fazer acontecer?

Ela me olhou, curiosa.

— Então eu diria que você é um anjo ou algo assim.

— Um anjo, hein? — eu me levantei da mesa. — Preciso dar um telefonema.

No dia seguinte nós dormimos a manhã toda, um luxo raro. Tomamos banho, nos vestimos, depois descemos rapidamente para o café da manhã.

— Yellowstone nos espera — disse Kailamai, passando requeijão num pãozinho. — Pronto para pegar a estrada?

— Não. Hoje, não.

— Não?

— Ultimamente nós temos andado muitos quilômetros. Pensei em tirarmos um dia de folga. Um dia pra diversão.

O rosto dela se acendeu de empolgação.

— É mesmo?

— Acho que merecemos. Nós deveríamos jogar boliche, ter um belo almoço, talvez fazer compras.

— Parece maravilhoso. — o sorriso dela aumentou.

— Eu espero que você não se importe, mas uma amiga minha vai nos acompanhar.

— Você tem uma amiga em Butte?

— Não, na verdade ela mora em Spokane. Ela vai dirigir toda essa distância até aqui.

— Ela é, tipo, uma namorada?

— Não, só uma boa amiga.

— Quando ela vem?
— Deve chegar a qualquer minuto.

Eu estava no balcão da recepção, pedindo informações ao recepcionista sobre a pista de boliche mais próxima, quando Nicole entrou no *lobby*. Ela sorriu quando me viu.
— Alan!
— Que bom ver você — eu disse, quando nos abraçamos. Fazia apenas dezoito dias, mas parecia fazer um ano que eu deixara Spokane.
Nicole olhou ao redor do *lobby*.
— Onde está ela?
— Kailamai, vem cá — acenei, chamando-a. — Vem conhecer minha amiga.
Kailamai estava observando nosso encontro. Ela deixou as panquecas e veio.
— Essa é minha amiga Nicole — apresentei.
— Olá — cumprimentou Kailamai, parecendo estranhamente formal. — Prazer em conhecê-la.
— Prazer em conhecer você também — disse Nicole. — O Alan me falou muito de você.
— Coisas boas, eu espero.
— Só boas — ela sorriu. — Você se importa se eu for com vocês, hoje?
— Sem problema.
Nicole virou pra mim.
— Então, qual é a agenda?
— Acho que um pouco de boliche será bom — sugeri.
Nicole perguntou a Kailamai:
— Você gosta de jogar boliche?
— Quem não gosta? — Kailamai respondeu.
— Então vamos ao boliche — empolgou-se Nicole.
Kailamai desviou o olhar entre eu e ela.
— Se vocês dois preferirem ficar sozinhos...

— Absolutamente, não — eu disse.

Nicole sacudiu a cabeça.

— Lamento, mas você está empacada conosco.

Kailamai sorriu.

— Que bom, parece divertido.

Entramos no Malibu de Nicole e seguimos até Kingpin Lanes. Éramos todos bem ruins no boliche e nossa pontuação somada não equivalia a um QI decente, mas isso aumentou a diversão.

Depois de um arremesso, Kailamai disse:

— O que há em comum entre a minha bola de boliche e um bêbado?

— O quê? — perguntei.

— Provavelmente ambos acabarão na valeta.

Depois fomos andar num shopping e Nicole e Kailamai foram comprar roupas, enquanto eu dava uma olhada numa livraria. Sentei num pátio interno para ler uma revista e tomar um suco Orange Julius. Uma hora depois, elas me acharam.

— Olha só o que a Nicole comprou pra mim — disse Kailamai, empolgada, segurando uma jaqueta jeans com costura branca e *strass*. — Esse casaco legal.

— Ela que escolheu — esclareceu Nicole. — Ela tem muito bom gosto e até me ajudou a encontrar um jeans perfeito.

Sorri. Elas já tinham se entrosado. Depois do shopping, nós seguimos ao Montana Club para almoçar.

Nicole recebeu uma ligação quando estávamos a caminho do restaurante e ficou na recepção enquanto Kailamai e eu arranjamos uma mesa.

— Então, o que achou de Nicole? — perguntei.

— Vocês dois deviam se casar.

Dei um sorriso torto.

— Não foi isso que eu quis dizer.

— Ela é super legal. Deveria ir para Yellowstone conosco.

— Não, ela tem que voltar às aulas.

Kailamai pareceu desapontada.

Alguns minutos depois Nicole entrou no salão e sentou numa cadeira ao lado de Kailamai, de frente pra mim.

— Tudo bem? — perguntei.

— Era minha irmã — disse, revirando os olhos. — Agora ela liga bastante. — e se virou para Kailamai. — Então, o que tem de bom?

— Ontem à noite eu experimentei o *dip* francês, com batata-doce frita — disse Kailamai. — Estava tudo muito bom. Um dia vou tentar fazer aquelas batatas fritas.

— Você sabe cozinhar? — perguntou Nicole.

— Algumas coisas. Faço um queijo quente de matar e sei fazer massa de pizza. Uma vez pensei em ser *chef*. Ou então juíza.

Nicole riu.

— Você tem gostos diversificados.

— Bem, em ambos os casos você tem que ter certeza de que as coisas sejam feitas direito.

— Você está certa — concordou Nicole. —Absolutamente certa.

A garçonete veio e pegou nossos pedidos, depois Kailamai foi até o banheiro. Quando ela se afastou, eu disse:

— Então, o que acha?

Nicole sorriu.

— Ela é ótima. Acho que é uma grande ideia.

— E se não der certo?

Nicole assentiu.

— Atravessaremos essa ponte, quando chegar a hora, se chegar. Mas eu não estou preocupada. Tenho uma boa sensação em relação a ela. Será bom voltar a ter companhia.

— Você quer perguntar a ela, ou eu pergunto?

— Acho que você deve perguntar.

Alguns minutos depois Kailamai voltou. Depois que ela se sentou eu disse:

— Lembra-se da nossa conversa ontem à noite, quando você me falou sobre seu mundo perfeito?

Ela colocou o guardanapo no colo.

— Aham.

— Você estava falando pra valer?

— Sim, quer dizer, foi só um pensamento desejoso, mas eu espero que algo parecido aconteça algum dia. — respondeu, intrigada.

— Bem, "algum dia" é hoje.

Ela desviou o olhar entre nós dois.

— O que quer dizer?

— Nicole não dirigiu até aqui só para jogar boliche. Ela veio conhecer você.

Kailamai olhou para Nicole.

— Por que faria isso?

— Porque — eu disse — a Nicole é seu mundo perfeito. Ela é inteligente e divertida, mora a menos de dois quilômetros da Universidade Gonzaga e está disposta a aceitá-la como sua companheira de moradia, pagar por sua estadia e ajudá-la a se matricular, contanto que você tire boas notas, ajude na casa e seja respeitosa.

Os olhos de Kailamai iam de um para o outro.

— Você está brincando?

— O que acha? — perguntou Nicole.

Depois de um instante, ela respondeu:

— É como um sonho que se torna realidade. — e se virou para Nicole. — Por que faria isso? Você nem me conhece.

— Não, mas eu conheço o Alan e confio nele.

Os olhos de Kailamai se encheram de lágrimas.

— Você disse isso mesmo?

Eu assenti.

Ela secou uma lágrima.

— Não posso acreditar nisso.

O garçom trouxe a nossa comida. Depois que ele saiu, continuei:

— Mas tem um porém.

— Qual? — perguntou Kailamai.

— Você precisa partir esta tarde. A Nicole está voltando pra Spokane assim que terminarmos de almoçar.

Ela pareceu surpresa.

— Mas... Yellowstone.

— Yellowstone não vai a lugar algum — eu disse.

— Nossa, pela primeira vez eu não estou com fome. — ela olhou para sua comida.

— Qual é a sua decisão? — perguntou Nicole.

Um grande sorriso surgiu em seus lábios.

— Sim. Obrigada. Sim.

Nós terminamos de comer, depois voltamos ao hotel. Eu fiquei no *lobby* com Nicole, enquanto Kailamai correu até o quarto para pegar suas coisas.

— Lembra-se do que eu disse, no dia que você partiu? — perguntou Nicole. — Meus momentos de maior felicidade foram quando eu estava cuidando de alguém. Mais uma vez, você mudou a minha vida.

— Bem, ninguém merece uma chance mais que Kailamai. Ela tem sorte de ter uma mentora como você. E vai longe.

Um grande sorriso surgiu no rosto de Nicole.

— Obrigada.

Alguns minutos depois, Kailamai chegou ao *lobby* carregando sua mochila.

— Pronta? — perguntei.

— Sim.

Fomos lá pra fora e eu coloquei a mochila dela no porta-malas do Malibu.

— Vou sentir falta de caminhar com você — disse Kailamai.

— Eu também. Boa sorte. Seja uma boa companheira de moradia. E uma boa juíza, ou *chef*. Deixe-me orgulhoso.

— Farei isso, eu prometo. — ela abaixou o olhar. — Voltarei a vê-lo, algum dia?

— Claro.

Ela me abraçou.

— Eu sei que Deus me ama porque Ele me mandou você.

— Acho que você está certa. — beijei sua testa. — Ao menos quanto a amá-la. É melhor você ir.

— Está bem. — ela se virou para Nicole. — Vamos embora, colega de quarto.

Nicole veio até mim e me abraçou.

— Outra despedida. A primeira já foi difícil o suficiente.

— Detesto despedidas — eu disse. — Que tal apenas dizer *te vejo mais tarde*?

— Promete?

— Prometo. Vou te ligar pra saber como vão indo as coisas.

— Ficarei esperando. — seus olhos estavam começando a lacrimejar, então ela rapidamente beijou meu rosto, depois entrou no carro e deu a partida. — Tchau — despediu-se, docemente.

— Tchau — respondi.

Kailamai acenou enquanto o carro se afastava.

— Sozinho outra vez — eu disse. Respirei fundo, depois subi ao meu quarto e tomei um longo banho de banheira.

CAPÍTULO
Quarenta e seis

*Estou sozinho outra vez. Não que eu desgoste
da companhia, mas é que já ouvi todas as histórias dela.*

Diário de Alan Christoffersen

Na manhã seguinte desci cedo para tomar o café. Cereal de passas com leite desnatado, uma banana e um copo de suco de laranja. Na mesa ao lado da minha havia um homem usando um prendedor de crachá que dizia OLÁ, MEU NOME É TONY escrito em caneta hidrocor azul. Ele estava assistindo ao ESPN, na televisão da parede do salão de jantar.

— Com licença — eu disse. — Saberia qual é caminho mais rápido daqui até a Rodovia 2?

— Claro. Apenas vire à direita na frente do hotel e siga ao sul por aproximadamente três quilômetros, até a placa MT2. Não tem como errar. — ele respondeu.

— Obrigado.

— Para onde está indo?

— Vou caminhar até Yellowstone.

— Você vai andar todo o percurso até Yellowstone?

— Na verdade, estou caminhando até a Key West.

— Flórida?

— Sim.

Ele me olhou por um instante, então disse:

— Cara, como eu gostaria de estar fazendo isso.

Por volta de oito horas eu já estava na estrada. E já sentia falta de Kailamai. Sentia falta de seu espírito. Sentia falta até de suas piadas.

Ao sair de Butte peguei a Rodovia 2, no sentido de Whitehall. Os três dias seguintes me levaram a atravessar as cidades de Silver Star, Twin Bridges e Sheridan. Silver Star era uma cidade pequena, porém autêntica. Tinha um ferro-velho, um empalhador de animais e um ponto de parada chamado Granny's Country Store, com uma placa do lado de fora que dizia CAFÉ GRÁTIS DE QUARTA A SÁBADO, DE 10 ÀS 18H.

Parei na loja, onde comprei um livro de sobrevivência ao ar livre e um panfleto que alegava ajudar a prever o clima usando a sabedoria de nossos antepassados. O livrinho era repleto de pérolas como:

Quando o orvalho está no gramado
A chuva nunca vem e para
Quando a grama está seca ao amanhecer,
Espere a chuva antes de anoitecer!

E o mais útil provérbio climático de todos:

Céu avermelhado à noite,
Deleite para os pescadores.
Céu avermelhado de dia,
Pescadores em alerta!

Enchi meu cantil com água da pia do banheiro, comprei um pouco de favo de mel e escolhi dois sanduíches embrulhados em papel celofane da geladeira. Fiquei sabendo que a mulher que cuidava da loja era a proprietária, o que tecnicamente a tornava Granny. "Granny" devia ter trinta e tantos anos, cabelos castanhos até a cintura e não usava sapatos para andar no chão de madeira.

Passei por Jefferson Camp (onde a expedição de Lewis e Clark* tinha acampado) e, depois de algumas milhas, atravessei o rio Jefferson e segui a trilha até a cidade de Twin Bridges.

Twin Bridges se denomina "A Pequena Cidade que se Importa". Lá havia placas de GO FALCON fixadas na maioria das vitrines. Jantei no Wagon Wheel Restaurant, que estava surpreendentemente cheio, e comprei suprimentos no mercado da Main Street.

Passei a noite no King's Motel que tinha uma placa do lado de fora dizendo QUARTOS PREMIADOS, algo infinitamente melhor que "mundialmente famoso" ou "histórico". Estava cético quanto a essa alegação, até que fiz um *tour* com o dono, um homem chamado Don, um fornecedor de roupas

---

* Referência à primeira expedição exploratória do continente norte-americano, empreendida por Meriwether Lewis (1774-1809) e William Clark (1770-1838), de 1804 a 1806, partindo de Pittsburgh, Pensilvânia, e chegando à costa do Pacífico, no atual estado de Washington. (N. do E.)

de pesca parecido com Ernest Hemingway de short. Os quartos eram aconchegantes, com paredes em lambri e quitinetes. O preço era somente 73 dólares por noite e, como bônus, Don se ofereceu para me levar para pescar, de manhã. Eu disse a ele que tinha que dispensar a pesca, mas aluguei um de seus quartos.

Sheridan ficava a apenas treze quilômetros de Twin Bridges e a maior parte do terreno entre as duas cidades era suave, com campinas verdes e ovelhas pastando. Era maior que as últimas cidades pelas quais eu havia passado e contava com um banco e uma loja de acessórios automotivos chamada Napa Auto Parts, ao lado do Ruby Saloon, que tinha uma placa anunciando BOOZED BUNS, que imaginei ser um produto de pão feito com álcool, ou talvez se referisse aos empregados.

Parei na padaria Sheridan Bakery & Café e pedi um misto quente e um pãozinho de canela. Ao lado da minha mesa havia uma placa na parede que dizia:

TEMOS O DIREITO DE NOS RECUSARMOS
A SERVIR QUALQUER UM, A QUALQUER HORA.
SEM EXCEÇÕES.
STEVE, JOE E ALLEN

Um quadro branco fixado na parede em frente à minha mesa dizia:

PERGUNTA TRIVIAL:
Onde está localizada a Fontana de Trevi?

Alguém tinha escrito embaixo: "Trevi?"

Quem respondesse à pergunta corretamente ganhava uma barra de bordo, que eu torci para não ter sido feita especialmente para o concurso, já que a placa tinha sido colocada um mês atrás e ninguém tinha ganhado ainda. Perguntei à gerente, uma mulher chamada Francie, se eu poderia tentar.

— Claro que pode, meu bem. Onde fica a Fontana de Trevi? — perguntou ela, com a intensidade de uma apresentadora de programa de calouros.

McKale e eu tínhamos ido a Roma duas vezes, em viagens pela agência de propaganda, e eu tinha bastante familiaridade com a bela fonte de Netuno, que tampava a ponta do antiquíssimo aqueduto romano.

— A Fontana de Trevi fica ligeiramente a leste da Via Veneto, a aproximadamente oitocentos metros dos Passos Espanhóis.

Ela sacudiu a cabeça.

— Não — disse, tristemente. — Fica na Itália.

— Bem, eu tentei. — sorri.

No dia seguinte caminhei até o Ruby River que, por volta de 1860, era originalmente chamado pelos mineiros de Stinking Water River (rio da água fedorenta). Algum tempo depois ele foi rebatizado de Ruby River (rio rubi), após encontrarem algumas pedras preciosas ao longo de seu leito, que acabaram não sendo rubis, mas granadas.

Uma placa perto do rio mostrava vários fatos interessantes: primeiro, o ouro garimpado ali pelas dragas foi usado para financiar a Universidade de Harvard, no começo do século XX. Segundo, o Ruby River foi o local do Vigilante Trail, e os temidos números 3-7-77 tiverem uma importância histórica, embora o motivo não fosse explicado.

A cidade onde passei a seguir, Cidade de Nevada, estava literalmente fechada. Nevada era uma autêntica cidade do Velho Oeste, com salão musical, ferreiro, barbearia, tavernas e seleiro. A cidade parecia o cenário de filme que era, e do lado de fora da entrada da vila havia uma longa lista de filmes que haviam sido rodados no local. Os números 3-7-77 também estavam postados num dos prédios. *Talvez seja uma data,* eu pensei. Sete de março de 1877.

Cerca de treze quilômetros adiante, na estrada, ficava a Cidade de Christine, que também era do Velho Oeste e mais autêntica que a Cidade de Virginia, embora não tão colorida. Felizmente para mim, ela estava aberta. Parei num pequeno centro comercial turístico para dar uma olhada e perguntei à proprietária da loja sobre o significado do 3-7-77. Ela pareceu contente pela pergunta.

— Se você tivesse esse número fixado em seu quintal, naquela época, você tinha três dias, sete horas e 77 minutos para sair da cidade, ou seria enterrado numa cova de três palmos de largura, sete palmos de comprimento e 77 polegadas de profundidade. No entanto, alguns acreditam que esses números também estavam ligados à ordem maçônica local, que por volta de 1860 tinha três diáconos, sete presbíteros e 77 membros.

A mulher me disse que a cidade deles tinha uma "colina das botinas", onde eram enterradas as vítimas do vigilante, colocadas em sepulturas com as botas apontando ao contrário do sol.

Almocei num pequeno restaurante chamado Outlaw Café. Quando perguntei à Cora, garçonete, se a comida era boa, ela respondeu:

— Ah, é muito boa, sim. Antes de trabalhar aqui, eu parecia a Twiggy,* agora dê uma olhada. — e ela desfilou seu porte rechonchudo pra mim.

Contei-lhe sobre minha caminhada e ela disse que outro homem, Tim, tinha caminhado passando pela Cidade de Christine, a caminho da travessia do país.

— Ele carrega uma cruz. — ela lhe deu saquinhos de chá e açúcar para mantê-lo aquecido no inverno.

Eu meio que detestei ter que deixar a cidade. Caminhei até o cair da noite e pernoitei na Cidade de Ennis, cujo nome não me parecia certo, por mais que eu lesse.

Os dois dias seguintes foram os mais tediosos da minha jornada. A vista se resumiu a duas opções: uma paisagem comum e tediosa com árvores, ou paisagem comum sem árvores. As estradas eram suaves, com acostamentos largos, mas sem abrigo do tempo. A única agitação foi quando alguém atirou um copo plástico de refrigerante em mim, de um carro que passou veloz.

Sete dias depois de Butte eu entrei na Floresta Nacional de Gallatin, Área Geológica do Earthquake Lake.

O lago tinha um visual surreal. A água era espessa de musgo e os topos das árvores mortas espetavam para fora da superfície como restolho, algumas no centro do lago. Cerca de três quilômetros depois da entrada havia um ponto de observação com uma placa:

Em 17 de agosto um terremoto de 7.5 deu
origem a um grande deslizamento de terra.
80 milhões de rochas — metade da montanha — caíram,
criando este lago, agora com 6 quilômetros
de comprimento e 36 metros de profundidade.

Isso explicava as árvores no meio do lago. No dia seguinte, cheguei ao oeste de Yellowstone.

---

* Referência a Twiggy Lawson (Lesley Hornby), modelo, atriz e cantora britânica nascida em 1949 e considerada a primeira top model do mundo. (N. do E.)

CAPÍTULO

Quarenta e sete

*Na última vez que estive em Yellowstone eu
estava usando uma cueca do Super-Homem.*

Diário de Alan Christoffersen

Quando eu tinha sete anos de idade, minha família fez uma viagem ao Parque Nacional de Yellowstone (a mesma viagem sobre a qual meu pai e eu conversamos, na IHOP). Isso foi nos anos sessenta, uma época ímpar, quando o caso de amor americano com o automóvel era páreo com o nosso medo dos satélites russos ressonantes. Tivemos uma percepção notavelmente encantadora e ingênua em relação ao parque, quase uma suspensão coletiva da realidade em nossa imaginação nacional. Yellowstone era simplesmente um grande palco ao ar livre, com atores animais convenientemente posicionados para nosso entretenimento, os alces eram criaturas tolas como o Bullwinke* e ursos eram bolas de pelo domesticadas, com nomes como Yogi ou Boo-Boo, que adoravam cestas de piquenique e turistas, e ficavam mais que felizes em posar para fotografias. Foram necessários mais que alguns ataques mortais dos ursos para mudar nosso paradigma coletivo. Animais selvagens são... bem, selvagens.

Enquanto minha mãe estava em pé, na fila do banheiro, perto do Old Faithful Inn, meu pai e eu ficamos observando uma turista (eu me lembro que ela era uma versão maior de Lucille Ball**) caminhar até um búfalo selvagem para tirar uma foto, com o marido olhando através da lente de uma câmera Brownie, incitando-a verbalmente: "Chegue mais perto, Madge. Isso, só mais alguns passos. Sim! Isso! Erga a mão, assim, afague o pescoço dele".

O búfalo olhou pra ela com seus olhos envidraçados, quase do tamanho de bolas de tênis, como se ela fosse a criatura mais imbecil que Deus colocou na terra (possivelmente era verdade), tentando decidir se ia embora pela aversão ou a pisoteava, pelo bem da genética da humanidade.

Meu pai observava a cena com uma expressão curiosa e mista de diversão e inveja. No fim das contas, o búfalo não fez nada e simplesmente foi embora. Às vezes a natureza tem compaixão da imbecilidade.

---

* Personagem de série de animação da televisão norte-americana (1959-1964). (N. do E.)

** Lucille Désirée Ball (1911-1989) tornou-se mundialmente famosa por protagonizar a série I Love Lucy. (N. do E.)

Não sei que tipo de diálogo interno pode ter passado pela cabeça de um búfalo, mas imagino que tenha sido algo do tipo: "Será que esses caras estão realmente no topo da cadeia alimentar?".

Como muita coisa na vida, a expectativa dessa viagem foi até melhor que a viagem em si. Algumas semanas antes de nossas férias minha mãe me levou à sapataria Buster Brown para comprar um novo par de Keds de lona verde com solado branco, e uma camiseta nova, com um desenho do Charlie Brown correndo para chutar uma bola de futebol que Lucy segurava (mudando de assunto: por que, ora, mas por que o Charles Schulz não deixou que o Charlie Brown chutasse a bola de futebol em sua última tirinha, quanta esperança ele teria deixado para a humanidade!).

Nós ficamos no carro por um período de tempo que, em minha mente de criança, pareceu o equivalente ao ano todo que passei na segunda série, mas, no fim, tudo valeu a pena. Sendo filho único, me foi negado o prazer de brigar com um irmão, com frases como: "ele está do meu lado do banco", "ele mostrou a língua pra mim" ou "ele me bateu primeiro", mas, pelo lado positivo, eu tinha o banco traseiro inteiro para deitar.

Nós tínhamos um Ford Galaxy 500 vermelho vivo, um carro ligeiramente maior que uma barcaça, com uma quilometragem consideravelmente pior. Eu me lembro de uma vez que estávamos subindo uma colina e meu pai apontou para o ponteiro de gasolina e disse:

— Olhe isso. — ele pisou no acelerador e o ponteiro visivelmente caiu.

Meu pai estava estranhamente generoso naquela viagem, e me deixou (na verdade, incentivou) a comprar um *souvenir*. Escolhi um urso de cerâmica, com pelo pintado nos lugares certos, e uma caixa que tinha um velho desenho em pirogravura da Old Faithful. Eu me lembro do dilema agonizante travado em minha mente juvenil, entre escolher uma legítima carteira de couro costurada à mão pelos índios (feita em Taiwan) ou a caixa. No fim, a caixa ganhou, já que tinha uma fechadura de verdade, com chave e tudo.

Meus pais e eu ficamos lado a lado com uma multidão de turistas em Old Faithful, a fonte gasosa mais famosa de Yellowstone. Fazendo jus ao seu nome, a fonte entrou em erupção. Eu me lembro do meu pai ali, em pé, de mãos nos bolsos traseiros, minha mãe ao seu lado, segurando a minha mão, para que eu não tivesse um impulso súbito de correr e pular no esguicho.

Old Faithful não é a fonte esguichante mais espetacular, nem a mais alta do parque. O que a tornou tão famosa foi a fidedignidade e curtos intervalos de suas erupções. Segundo a NASA (não sei por que eles se importavam com essas amenidades, quando havia bolas russas em órbita ao redor da Terra), pouco havia mudado no ciclo de erupções da fonte gasosa, de 1870 até 1966.

Antes que os federais fizessem as leis de proteção ao local, as pessoas jogavam a roupa suja na fonte gasosa que, segundo me disseram, tinha um efeito particularmente agradável nos tecidos de algodão e linho, mas tendia a rasgar peças de lã, despedaçando-as.

Na verdade, o jorro de Old Faithful não é o tipo de coisa que alguém se programa para ver, já que suas erupções ocorrem em intervalos de 45 a 125 minutos, o que significa que você pode passar até duas horas para ver um *spray* que talvez só dure noventa segundos — uma analogia compatível com a vida. Eu não me lembro quanto tempo durou nossa erupção, mas me lembro do meu pai olhando o jorro admirado e murmurando *Olhe só pra isso...*

Nem que você encostasse uma arma em minha cabeça eu poderia lhe dizer o que tem de especial numa água jorrando de um buraco para atrair milhões de turistas. Essa é a única vez que consigo recordar que água espirrando do solo causou alguma reação em meu pai além de um palavrão ou uma ligação para o encanador.

Mais tarde, naquele mesmo dia, nós paramos na Morning Glory Pool (piscina glória matinal). Hoje, aquela piscina azul incrível é cercada, mas naquela época não era. Havia apenas um caminho de madeira que a circundava. Andar por ele me deixou aterrorizado. A água era cristalina e a formação rochosa por baixo parecia uma boca aberta, portanto, apesar de só ter sete metros de profundidade, ela parecia descer até o centro da Terra.

Enquanto andávamos ao redor da piscina eu agarrei a mão da minha mãe, temendo desesperadamente cair dentro d'água e ser perdido no caminho. Nunca me ocorreu que a 77º C eu seria queimado muito antes de chegar ao fundo.

Hoje, devido ao abuso dos turistas, a piscina é zombeteiramente chamada de Fading Glory (glória desbotada). Sua cor, que antes era azul-celeste, mudou por conta dos turistas atirarem *toneladas* de lixo ali dentro (sim, toneladas), o que entupiu os dutos de ventilação natural e fez cair sua temperatura, interferindo em seu equilíbrio.

Não tenho certeza do que alguém tem na cabeça para arremessar lixo nessas piscinas lindas, muito menos toneladas de lixo. Até parece que Yellowstone não oferece centenas de milhares de quilômetros de locais convenientes para a coleta correta. *Clyde, querido, pode pegar esse lixo e jogar na piscina cristalina? Obrigada, meu bem.* Mas, por outro lado, também nunca me ocorreu lavar minha roupa na Old Faithful. Talvez algo esteja errado comigo.

Deixei Yellowstone certo de que, algum dia, eu seria um homem das montanhas: viajando sozinho pela natureza, comendo carne seca e carne de alce, vestido com minha roupa de couro cru, homem *versus* natureza, algo que, sem contar com o traje, não estava muito longe de onde eu me encontrava hoje. Nós devemos ser cautelosos quanto ao que sonhamos, já que, aparentemente, a vida, ou Deus, tem senso de humor.

Meu pai gostava de dirigir à noite e eu dormi a maior parte do tempo no trajeto de volta pra casa. Ainda me lembro da sensação e do cheiro do vinil fresco junto ao meu rosto. De alguma forma, acordei em minha própria cama, sob os lençóis brancos e macios. Sinto falta daquilo. Minha infância foi mágica naquele dia.

Eu não via Yellowstone desde então.

CAPÍTULO
Quarenta e oito

Nada limpa tanto a mente (ou os intestinos)
como um encontro com um urso pardo.

Diário de Alan Christoffersen

Antes de entrar no parque, passei a noite no Brandin' Iron Inn, que tinha uma imensa réplica de uma armadilha de urso acima da porta da frente. Na manhã seguinte, comi um pãozinho de ovo no café da manhã, depois caminhei até o Yellowstone.

Pedestres, assim como carros, eram obrigados a pagar uma taxa de entrada e eu paguei os doze dólares, que valiam por uma semana. A menos de cem metros depois do portão, uma placa grande me informou que eu agora estava no estado de Wyoming.

Apenas alguns quilômetros adentro passei por dois cisnes num lago cercado por árvores crescendo em ângulos de trinta graus. Estava feliz por voltar à natureza e sentir seu poder curativo. Naquela noite armei minha barraca num lugar chamado Whiskey Flats.

A caminhada da manhã seguinte me levou a passar pela Midway Geyser Basin e a Biscuit Basin, onde observei a água jorrando quente, descendo suave pelas erosões para esfriar no rio.

Uma hora depois uma placa mostrou que a Old Faithful estava a menos de dois quilômetros adiante. Depois de um quilômetro e meio saí da estrada para Old Faithful, cuja erupção eu perdi, por alguns minutos, quando parei para usar o banheiro. Fiquei pensando se devia esperar pela próxima mas, em vez disso, voltei à estrada principal e segui a sudeste, até West Thumb Junction.

Caminhei por cerca de quatro horas, quando cheguei ao Continental Divide, uma elevação de 8.252°. O que eu sabia do Continental Divide era isso: a água que cai no lado oeste desse divisor hidrográfico escoa para o Oceano Pacífico. A água que cai no lado leste escoa para o Oceano Atlântico.

Entretanto, eu não sabia que o divisor não era algum tipo de fenda reta e volumosa, mas que se movia por toda parte. Me deparei com mais duas placas do Continental Divide, conforme caminhava. Naquela noite, acampei ilegalmente, escondido na floresta densa, a cinquenta metros da estrada.

No meu terceiro dia em Yellowstone cheguei a West Thumb (polegar oeste), que recebeu esse nome por sua projeção semelhante a um polegar do lago Yellowstone, e comecei minha trilha ao redor do perímetro ocidental do lago. O cenário era lindo, o ar estava fresco e adocicado, semelhante à minha caminhada atravessando Washington pela Rodovia 2.

O dia prosseguiu sem incidentes até que tive uma experiência que todo turista de carro passando por Yellowstone torce para ter e qualquer um ao ar livre reza para não ter: encontrei um urso pardo. Tinha parado para almoçar quando o enorme animal entrou na clareira, a uns trinta metros à minha frente. Lentamente enfiei a mão em minha mochila para pegar a arma, rezando para não ter que usá-la, já que o urso decididamente tinha vantagem.

Uma vez eu tinha visto um documentário na PBS sobre um incidente com o ataque de um urso, e fiquei com a informação de que, naquele instante, era bem inquietante: o metabolismo de um urso é tão lento que ele pode correr de duzentos a trezentos metros depois de um tiro certeiro no coração. Com uma arma de baixo calibre a possibilidade de um tiro certeiro em algum órgão vital de um urso em movimento, principalmente com minha mão destreinada, era minúscula, e com uma bala de nove milímetros, isso talvez só servisse para deixar o animal ainda mais zangado.

Não tenho certeza se o urso me viu ou não, embora eu presumisse que ele tinha no mínimo farejado a minha presença. Ele permaneceu em minha área por alguns minutos tensos, com as garras presas a uma árvore, depois saiu. Acho que até aquele momento eu não respirei. Esperei dez minutos para ter certeza de que ele tinha partido, depois caminhei de volta para a estrada e continuei minha trilha.

Naquela tarde passei por quilômetros de floresta que tinha sido queimada, deixando restos de cinzas em árvores e um cheiro forte de enxofre no ar. Foi somente depois de escurecer que voltei a passar pela mata verde. Pelas placas sinalizadoras da estrada, sabia que finalmente estava próximo à entrada leste do parque, mas estava exausto, então entrei numa trilha e armei a barraca. Ainda estava com o urso na cabeça e passei uma noite inquieta, acordando com cada estalar de galho ou uivo de coiote.

No fim das contas, tinha acampado a menos de dois quilômetros do portão leste de entrada. Atravessei o rio Yellowstone pela Fishing Bridge (ponte de pesca) que, apropriadamente, estava perfilada de pescadores, depois parei na loja de conveniência do parque.

Embora eu tivesse oficialmente deixado o local, não teria sabido se não fosse a sinalização, já que a estrada conduzia ao Parque Nacional de Shoshone. Sentei com um sanduíche e olhei meu mapa. Acrescentando alguns quilômetros à minha rotina diária, poderia chegar ao meu destino seguinte por volta da noite do terceiro dia: Cody, Wyoming.

CAPÍTULO

Quarenta e nove

*Se um homem grita na natureza e ninguém
ouve, ele está fazendo algum som?*

✦ Diário de Alan Christoffersen ✦

Cody, Wyoming, foi batizada em homenagem ao famoso (ou infame, dependendo de qual biografia você ler) William "Buffalo Bill" Cody. Cody foi um homem-espetáculo e fronteiriço que trouxe o romance de um Velho Oeste decadente até os cidadãos da natureza e além, incluindo as cabeças coroadas da Europa. Seu programa sobre o Velho Oeste ficou tão conhecido que chegou-se a dizer que melhorou as relações entre os Estados Unidos e a Grã-Bretanha.

Cody, que era um escoteiro da fronteira e promotor pessoal natural, começou seu personagem de ficção nos romances diurnos, depois que o editor Prentiss Ingraham descobriu o apetite voraz do público por todas as coisas do Oeste, um papel ao qual William Cody aderiu como se fossem botas confortáveis de caubói. Fiquei feliz em descobrir que a cidade ainda era, ao menos aparentemente, um pedaço do Velho Oeste.

Cheguei em Cody aproximadamente às 21h, caminhando pela escuridão durante as últimas duas horas e meia, algo que geralmente evito, já que as cobras às vezes gostam de se esticar no asfalto morno à noite. Naquele dia eu tinha percorrido mais de 48 quilômetros, conduzido adiante pelas luzes da cidade. Queria um quarto aquecido, uma cama macia, um chuveiro quente e uma refeição que eu não precisasse desembrulhar.

A estrada levou a Sheridan, rua principal da cidade. Cody é realmente uma cidade de caubói. Às vezes pensamos nos caubóis como remanescentes do passado de nossa nação e nos esquecemos de que eles estão vivos e vão muito bem, obrigado, ou, pelo menos, estão vivos. Os caubóis são uma raça tão distinta quanto qualquer outra que encontrei em minhas viagens, com sua própria linguagem, cultura, história, literatura e vestuário: um chapéu, jeans Wrangler, botas e imensas fivelas de cinto, quanto maior, melhor. Eles também têm sua maneira própria de andar com as pernas ligeiramente arqueadas e inclinados à frente, como se estivessem com dor nas costas.

Aproximadamente dois quilômetros e meio cidade adentro parei para comer no Rib & Chop House. Minha refeição foi grande e celestial. O nome de minha garçonete era Kari, uma aluna de enfermagem de rosto viçoso que parecia deslocada na população de Cody, assim como eu. Ela foi a primeira pessoa com quem falei em dias.

336 *Richard Paul Evans*

Comi com calma e quando finalmente me levantei tive câimbra nas coxas. Caminhei (manquei) algumas quadras até o Marriott e peguei um quarto. Havia uma convenção de costureiras de colchas de retalho e o hotel estava repleto delas e de caubóis, o que parecia culturalmente incompatível.

Naquela noite, passei um bom tempo de molho na piscina de hidromassagem do hotel. Quando cheguei, havia outro homem dentro, um caubói, o que não era de surpreender, e ele estava de chapéu. Ergueu levemente a aba para me cumprimentar quando entrei na água. Tirei minha camiseta e joguei numa cadeira próxima, depois me acomodei na água borbulhante.

— Noite — cumprimentou o caubói.

— Noite —respondi, sem saber que estava falando língua de caubói.

Ele apontou para as cicatrizes em meu abdome.

— Parece que andou tendo uma briguinha.

— Não chegou a ser uma briga — eu disse, afundando na água.

— Eu também — disse ele. Então, se ergueu ligeiramente da água, revelando uma cicatriz por um ferimento a faca, um talho atravessando o esterno. — Ocê deveria ter visto o outro — riu.

Fechei os olhos, torcendo para que ele simplesmente me deixasse relaxar.

— De onde ocê é?

— Seattle.

— Está pescando ou só passando?

Olhei para ele por um momento, depois respondi:

— Estou aqui para a convenção de colchas de retalho.

— Ah — disse ele.

A expressão em seu rosto foi impagável. Ele baixou a aba do chapéu e afundou o queixo na água. Depois de um minuto, saiu da hidro e foi embora do *spa*.

Dormi bem naquela noite, embora tenha tido um sonho inquietante. Estava andando por um longo trecho de rodovia, tão abandonado quanto qualquer um que eu já havia passado, quando vi uma mulher caminhando à minha frente. Percebi que era McKale. Gritei pra ela, que se virou rapidamente, mas não disse nada e continuou andando. Fui caminhando mais depressa, até que estava correndo, mas ela simplesmente aumentou o passo como eu. Ela se mantinha à vista, mas fora do meu alcance. Acordei com os lençóis molhados de suor.

CAPÍTULO

Cinquenta

O Velho Oeste nunca foi tão tedioso.

Diário de Alan Christoffersen

Passei o dia seguinte descansando. Comi um café da manhã reforçado no restaurante do hotel, depois assisti a um filme no canal pago, *A Supremacia Bourne*. Realmente não dá pra errar com Matt Damon.

Tirei tudo da minha mochila, que exalou um cheiro de mofo no quarto. Descobri uma banana preta e totalmente murcha, um pãozinho mofado e duas barras energéticas. As barras eu guardei.

Lavei a mochila no chuveiro do banheiro, depois deixei aberta para secar, perto da janela. Então abri meu mapa e, baseado em meu itinerário, elaborei uma lista de compras num bloco do hotel. Eu ainda tinha várias semanas antes de chegar a Rapid City.

Tracei minha rota com a tampa plástica da caneta do hotel. Ficaria na I-90 até chegar a uma bifurcação na estrada, a aproximadamente 450 quilômetros de Cody. Poderia viajar ao norte, pela rodovia interestadual 90, até Spearfish e Sturgis, Dakota do Sul, ou pegar uma estrada menor, seguindo ao sul, até Custer, Dakota do Sul. Era mais ou menos a mesma distância, em ambas as direções. O lado bom de seguir ao sul era o fato de que as estradas eram menores e menos movimentadas. O lado ruim era ter menos atrativos. Escolhi seguir ao sul. Guardei meu mapa e fui fazer compras no mercado.

Na manhã seguinte, quando deixei Cody, eu me senti pesado, não por ter me abastecido com tantos suprimentos, mas porque minha alma parecia mais pesada. A rodovia de duas faixas, assim como minha vida, parecia se estender ao nada. A região era agrícola, com imensos campos para plantações ou pastagens, a colcha de retalhos que eu já tinha visto em viagens de avião, na minha vida anterior.

Nas duas semanas seguintes, passando pelo sudeste de Wyoming, emocionalmente eu me senti como se tivesse dado dois passos gigantes para trás. Daria detalhes das minhas inúmeras paradas, mas isso só o deixaria entediado; eu sei, porque me deixou. Parei de escrever em meu diário. Parei de me barbear. Parei de me importar.

Surgiram poucas cidades em minha caminhada. A maior delas era Gilette, em Wyoming, com uma população de cerca de vinte mil pessoas. A cidade se intitula a "Capital Nacional da Energia" e é abundante em recursos naturais: carvão, óleo e gás metano. A cidade era suja e cinza, e eu estava mais ansioso para partir do que estava para chegar. Havia um estado de espírito desolador tão palpável quanto o fedor de cigarro em todos os restaurantes onde entrei. Wyoming é um dos últimos lugares resistentes às leis antitabagistas em locais públicos, e o fumo faz parte da cultura, tanto quanto os cintos com fivelas do tamanho de pratos. Simplesmente, todos os lugares públicos da cidade fedem a dez mil cigarros.

Eu já conheci gente de Wyoming (um dos meus representantes de mídia me ocorreu), e ouvi falar de sua beleza rústica, de seu povo amistoso e simples, mas, honestamente, nessa parte do estado eu não senti isso. Wyoming me deixou profundamente depressivo, embora eu esteja certo de que é provável que meus sentimentos fossem menos resultantes do estado atual em si do que de meu estado de espírito, da minha dor proveniente de um misto de solidão, desconforto físico e paisagem inalterável.

A cada dia o território de pós-inverno cercando a rodovia por onde eu me arrastava parecia muito com o do dia anterior, e minha labuta parecia a daquele grego, o Sísifo, que diariamente empurrava uma rocha montanha acima só para vê-la rolar abaixo outra vez.

O ex-senhorio de Nicole, Bill, havia me falado algo, alguns dias antes de sua morte, que agora eu tinha motivo para relembrar. Sem sua esposa, dissera ele, sua vida parecia uma caminhada pela imensidão desolada e perdida da natureza. Cada dia era uma trilha sem sentido, sem ninguém que se importasse, ninguém para perguntar sobre seu dia, seus pensamentos, sua colite.

Eu me sentia exatamente assim. Talvez essa caminhada pelo Wyoming fosse a metáfora perfeita para minha vida sem McKale. Como eu já tinha escrito uma vez, estava solitário, mas não sozinho. Meus companheiros eram o desespero, a solidão e o medo. E eles eram um bando bem falante.

Durante esses dias difíceis, liguei para o meu pai uma vez e duas vezes para Falene. Meu pai passou meia hora me contando sobre seu jogo de golfe e, pela primeira vez em minha vida, eu ouvi cada palavra com prazer. Falene sentiu meu abatimento e me animou bastante. Ela até se ofereceu para vir

O Caminho   341

de carro me encontrar, convite que cheguei seriamente perto de aceitar. Mas uma voz interna me disse para seguir em frente e atravessar as terras trevosas sozinho, pois teria de atravessá-las em algum momento, se não fosse agora seria mais tarde. Então segui penosamente, e quanto mais caminhava, mais difícil se tornava. Minha mente começou a trabalhar contra mim, a enfocar a dificuldade e o desespero, a ver somente as sombras e não o sol. Revivi mil vezes os momentos derradeiros da vida de McKale. Pior de tudo, comecei a duvidar.

O que eu estava fazendo ali? Essa ideia de atravessar o país andando era uma insanidade, não tinha nada ali, e em meu destino nada me aguardava. Meu corpo doía tanto pela depressão quanto pela exposição ao tempo, mas nem de perto doía tanto quanto meu coração. Sabia que estava mal, mas em momentos sombrios como esses não é o que você sabe, é o que você sente. E eu me sentia desesperançado. Duvidada das minhas razões. Duvidava que algum dia conseguisse concluir minha caminhada. Então, num momento particularmente sinistro, duvidei da minha sabedoria por não ter engolido o frasco de comprimidos. Se não fosse pelo que eu brevemente encontraria em Dakota do Sul, não sei quanto tempo mais teria aguentado.

CAPÍTULO
Cinquenta e um

Passei a noite em Custer, Dakota do Sul.
Espero que eu tenha mais sorte do que ele teve.

Diário de Alan Christoffersen

No décimo terceiro dia depois de ter partido de Cody, cheguei à fronteira leste do Wyoming. Ao atravessá-la e entrar em Dakota do Sul, foi como o momento em que Dorothy emergiu de sua casa no Kansas, surgindo no mundo Technicolor de Mágico de Oz.

As estradas pelas quais eu andava já não eram mais de asfalto esburacado, mas suaves, pavimentadas com um tom rosado. Em Wyoming, as casas no leste eram edificações pré-fabricadas decaídas, cercadas por terrenos repletos de capim e carros enferrujados, eletrodomésticos abandonados e, ao cruzar a fronteira, a terra era verde e viçosa, com fazendas bem cuidadas e belos celeiros vermelhos.

Ao cair da noite entrei na cidade de Custer e me animei um pouco. Jantei numa pizzaria (comi uma pizza média inteira) e encontrei um hotel aquecido e iluminado, cheio de turistas empolgados para verem o monte Rushmore e os inúmeros locais que a região oferecia.

Havia uma longa fileira de motos Harley-Davidson estacionadas na frente do hotel, presumivelmente a caminho de Sturgis, embora o encontro Harley só começasse oficialmente em cem dias.

Passei o dia seguinte deitado na cama, melancólico e derrotado. Tinha caminhado mais de 1.600 quilômetros e para quê? Que bem isso fizera? McKale se fora e meu coração continuava partido.

Naquele dia eu não comi. Não saí do quarto, agi com o eremita que eu estava parecendo. Minha barba tinha alguns centímetros de comprimento e estava toda eriçada, e tinha o efeito que imaginei, me separando da sociedade, já que as pessoas rapidamente se desviavam, temendo que eu fosse lhes pedir dinheiro.

No segundo dia eu estava com fome e entediado, então me forcei a sair da cama. Por volta de meio-dia almocei numa Subway Sanduich Shop, depois peguei um ônibus circular para ver os monumentos de monte Rushmore e do Crazy Horse.

Logo que cheguei ao monte Rushmore, o monumento estava encoberto pelas nuvens, o que parecia apropriado para minha vida, e como o ônibus só voltava depois de uma hora, esperei no centro turístico e loja de presentes, onde eles tinham estampado os rostos dos quatro presidentes em tudo que se possa imaginar, desde baralhos até palitos chineses.

Então ouvi alguém gritar:

— Olhem, dá pra vê-los!

Eu fui até lá fora, enquanto as nuvens se dissipavam e os rostos eram revelados: primeiro Washington, depois Jefferson, Roosevelt e Lincoln.

Ouve-se a toda hora: o monte Rushmore não é tão grande quanto você pensa que é, porém, mesmo em meu estado de espírito, o monumento era fenomenal.

Todo tipo de arte me intriga, e algo dessa proporção tinha um efeito particularmente poderoso, portanto fiz uma trilha por trás da montanha e fiquei pelo centro turístico e museu até escurecer. Já tarde fiquei pensando se deveria simplesmente voltar ao meu hotel ou seguir até o monumento Crazy Horse.

Francamente, para mim, o monumento Crazy Horse era um complemento. Eu sabia pouco sobre o monumento, exceto por ser uma estátua incompleta do chefe indígena Crazy Horse, alguém que eu não conhecia e com quem não me importava. O monumento certamente não podia ser comparado à magnitude do monte Rushmore. Mas, no fim, a curiosidade venceu e eu peguei o ônibus circular até o monumento. Não percebi o profundo efeito que ele causaria em mim, em minha vida e em minha caminhada.

CAPÍTULO
Cinquenta e dois

Alguns homens olham as montanhas como obstáculos.
Outros, como uma tela de pintura.

Diário de Alan Christoffersen

O monumento Crazy Horse foi iniciado em 1948 por um escultor polonês americano chamado Korczak Ziolkowski. Korczak nasceu em Boston, em 1908, de pais poloneses, e ficou órfão com um ano de idade. Ele passou a vida de um lar adotivo para outro, em bairros pobres. Embora nunca tenha recebido instrução artística formal, na adolescência ele trabalhou como aprendiz de um artesão de barcos e começou a demonstrar sua habilidade para entalhar madeira.

Ele criou sua primeira escultura em mármore aos vinte e quatro anos: um busto do juiz Frederick Pickering Cabot, herói infantil da região de Boston e homem que incentivou o interesse de Korczak pela arte. Em 1939, Korczak se mudou para Black Hills, em Dakota do Sul, para auxiliar na criação do monumento do monte Rushmore.

Menos de um ano depois a escultura em mármore feita por Korczak retratando Jan Paderewski, pianista, compositor e primeiro-ministro polonês, ganhou o primeiro prêmio na New York World's Fair. Logo depois ele foi abordado por vários chefes indígenas de Lakota, que lhe pediram para construir um monumento homenageando os nativos americanos. O chefe Henry Standing Bear escreve para Korczak: *Meus colegas chefes e eu gostaríamos que o homem branco soubesse que os peles-vermelhas também possuem grandes heróis.*

Korczak aceitou o projeto e começou uma pesquisa e um planejamento para a escultura. Três anos depois, o projeto foi colocado em espera, enquanto Korczak se alistava no Exército americano. Ele foi ferido na praia de Omaha, durante a invasão da Normandia.

Depois da guerra, Korczak se mudou de volta para Black Hills e começou a pesquisar uma montanha adequada. Ele pensou que a cadeia montanhosa de Wyoming Tetons fosse uma escolha melhor do que Black Hills, com uma rocha mais apropriada para entalhe, porém, os lakotas consideravam Black Hills um lugar sagrado e quiseram que o monumento fosse feito ali.

Os lakotas não tinham dinheiro nem montanha, dissera Korczak. *Sempre achei que os índios eram subestimados, então concordei em fazer.*

Quando concluído o monumento, uma escultura tridimensional do chefe indígena Crazy Horse sentado num corcel veloz, era a maior escultura do mundo, com 171 metros de altura, mais alta que o monumento de Washington, e com 195 metros de comprimento. Para dar uma perspectiva de sua dimensão, somente o cocar de guerra usado por Crazy Horse seria grande o suficiente para cobrir todas as cabeças dos presidentes do monte Rushmore.

Korczak morreu trinta e quatro anos após começar a trabalhar na montanha, deixando a estátua longe de ser concluída. Suas últimas palavras para a esposa foram: *Você precisa concluir a montanha. Mas vá devagar, para que seja feito direito.*

Fiquei olhando a montanha por quase vinte minutos. Começou a chover e eu mal tinha notado. O negócio era absurdo. Um absurdo colossal. Um homem sem dinheiro, sem ensino e sem equipamentos pesados decide esculpir uma montanha. Era um absurdo glorioso. Na busca impossível de Korczak encontrei o que estava procurando.

CAPÍTULO

Cinquenta e três

Perguntei a mim mesmo o que McKale teria me falado para fazer, e soube exatamente o que ela diria: levante o traseiro, pegue sua mochila e comece a caminhar.

Diário de Alan Christoffersen

Na manhã seguinte estava deitado na minha cama de hotel, olhando o teto. Pela primeira vez, desde que saí em minha jornada, soube exatamente o motivo por estar caminhando. Minha jornada não era uma fuga do meu passado; era uma ponte para o meu futuro, e cada pequeno passo era um ato de fé e esperança, afirmando a mim mesmo que a vida era digna de ser vivida.

E com essa simples revelação, o peso se foi, assim como o fardo do meu desespero e autopiedade. Era hora de parar de perguntar o que eu poderia obter da vida e descobrir o que a vida estava pedindo de mim.

Abri meu mapa em cima da cama e desenhei um caminho com meu dedo. Era hora de seguir para algum lugar quente. Hora de rumar ao sul. Meu próximo alvo era Memphis, Tennessee.

Eu me barbeei, peguei minha mochila e deixei o hotel. Estava novamente comprometido com meu próximo destino.

Quando passei pelo *lobby* do hotel, notei uma mulher mais velha sentada numa das poltronas próximas ao balcão da recepção. Ela tinha cabelos grisalhos, usava um casaco de lã comprido e uma echarpe cor de vinho em volta do pescoço. Era bonita, ou teria sido, e algo nela tornava difícil desviar o olhar. Ela estava igualmente me olhando e nossos olhares se cruzaram. Quando me aproximei, ela disse:

— Alan.

Eu parei.

— Perdão?

— Você é Alan Christoffersen?

— Sim. — confirmei, surpreso.

— Sabe quem sou?

Algo nela me parecia familiar. Depois de um instante, respondi.

— Não.

— Tem certeza?

Então, quando olhei em seus olhos, eu percebi quem era ela. Antes que eu pudesse falar, ela disse:

— Estou à sua procura há quatro semanas.

EPÍLOGO

Estamos todos em movimento. Sempre.
Aqueles que não estão subindo em direção a alguma
coisa, estão descendo em direção ao nada.

Diário de Alan Christoffersen

O que meu pai disse sobre as montanhas é verdade. Nós subimos as montanhas porque os vales estão cheios de cemitérios. O segredo da sobrevivência é escalar, mesmo no escuro, mesmo quando escalar parece não fazer sentido. O negócio é a subida, não o topo. E os grandes não apenas escalam a montanha, eles sobem esculpindo.

O sonho de Korczak era um sonho impossível: um homem esculpir uma montanha. Posso até imaginar as barbaridades e insultos dos críticos de Korczak, e ele tinha inúmeros. *Você é um tolo maluco, jamais conseguirá*, eles diziam, de seus locais baixos, de covas já meio escavadas. *A estátua nunca será concluída.*

Mas Korczak não era tolo de ouvir os fantasmas dos cemitérios. Todo dia ele subia sua montanha e, com uma escarpada aqui, uma escavada ali, removeu toneladas de pedra, conforme seu sonho emergia da rocha.

Korczak sabia que não viveria para ver seu trabalho terminado, mas isso não era motivo para parar. Em seu leito de morte, lhe foi perguntado se ele estava decepcionado por não ver o monumento completo. *Não, disse ele, você só precisa viver o bastante para inspirar outras pessoas a fazerem grandes coisas.*

E isso ele fez. Conforme a montanha tomava forma, multidões também começaram a sonhar. E começaram a se mover. Hoje, milhões de pessoas vêm de todas as partes do globo para ver a montanha de Korczak, e uma equipe profissional trabalha o ano inteiro para levar o sonho adiante. Já não é mais uma questão de *se* ela será concluída, mas somente de *quando*.

Porém, o maior legado de Korczak não é público, e sim a rocha maciça que ele conquistou dentro de si, uma montanha que ele escalou sozinho, e com isso todos nós podemos nos identificar. Porque há momentos em nossas vidas, grandes e pequenos, em que precisamos caminhar penosamente por nossas estradas desoladas rumo à vasta natureza, para suportarmos nossas horas sombrias de dor e tristeza, os momentos Getsêmani, quando estamos de joelhos ou deitados, chorando para um universo que parece ter nos abandonado.

Esses são os grandes momentos, em que mostramos nossas almas. São nossos "melhores momentos". Esses momentos não nos são dados por acidente nem por crueldade. Sem grandes montanhas não podemos chegar às grandes alturas. E nós nascemos para chegar às grandes alturas.

Todos nós nos deparamos com uma tarefa maravilhosamente absurda e igual à de Korczak, esculpindo a rocha de nossos próprios espíritos, criando um monumento para iluminar o universo. E, assim como o monumento de Korczak, nossa tarefa não será concluída em nosso tempo de vida. E, no fim, nós descobriremos que nunca estivemos esculpindo sozinhos.

Korczak disse: *Eu digo aos meus filhos para que jamais se esqueçam que o homem não é completo por si só. Há algo maior que ele, que o conduz.*

Eu honestamente não sei se um dia chegarei a Key West, porém, o que eu sei é que jamais vou desistir. E quando eu der meu último passo, ter ou não chegado ao meu destino realmente não terá importância, porque no fim serei um homem diferente daquele que partiu de Seattle. Eu nunca estive esculpindo uma montanha. Estive esculpindo a mim mesmo.

CONHEÇA OUTROS LIVROS DO SELO

Fatídico

Romance

Destino

O AMOR É CAPAZ DE MUDAR TODAS AS NOSSAS PERSPECTIVAS.

Para **Beth**, 1989 foi marcado por tragédia. Com sua vida estava desmoronando, ela perde a capacidade de confiar, ter esperança ou acreditar em si mesma. No dia do Natal, enquanto corria em meio a nevasca até a loja de conveniência mais próxima, Beth encontra **Matthew**, um homem surpreendentemente bonito e misterioso que, sozinho, mudaria o rumo de sua vida. Quem é ele e como sabe tanto sobre ela? Completamente apaixonada por Matthew, Beth descobre seu segredo, mudando o mundo que conhece, assim como seu próprio destino.

Todas as imagens são meramente ilustrativas.

A BUSCA INCESSANTE DE UM HOMEM PELA ESPERANÇA CONTINUA.

Ainda cambaleante pela perda súbita da esposa, da casa e da empresa, Alan Christoffersen, um ex-publicitário de sucesso, deixou tudo que conhecia para trás e partiu numa extraordinária travessia pelo país. Levando somente sua mochila, saiu de Seattle em direção a Key West, ponto mais distante em seu mapa. Agora, já quase na metade de sua trilha, Alan segue caminhando quase 160 km, entre a Dakota do Sul e St. Louis, mas são as pessoas que ele conhece ao longo do caminho que dão o verdadeiro sentido de sua jornada.

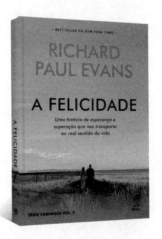

Esperança

Espiritual

Cura

/altanoveleditora   /altanovel

Este livro foi impresso nas oficinas gráficas da Editora Vozes Ltda.,
Rua Frei Luís, 100 – Petrópolis, RJ.